エルフ公爵は呪われ令嬢をイヤイヤ娶《めと》る
Elf kousyaku wa
Noroware reijo wo Iyaiya Metoru
2

エルフ公爵は呪われ令嬢をイヤイヤ娶る2

江本マシメサ

illustration くまの柚子

ICHIJINSHA IRIS NEO

CONTENTS

この作品はフィクションです。
実際の人物・団体・事件などには関係ありません。

エルフ公爵は呪われ令嬢をイヤイヤ娶る2

第一話　告白エルフと、ツンデレにゃんこ嫁

絹を裂くような声が、寝室に響き渡った。ハイドランジアは睡眠状態から一気に覚醒《かくせい》する。叫びは、妻ヴィオレットによるものであった。

敵にでも襲撃されたのかと思い、飛び起きる。しかし、寝室に怪しい人影はない。ヴィオレットはいったい何を恐れているのか。ハイドランジアは声をかける。

「誰《だれ》かやってきたのか？　安心しろ、私が守ってやる！」

「な、何をおっしゃっていますの〜〜!?」

ヴィオレットは完全に、混乱状態であった。安心させるために、ぎゅっと抱きしめる。すると、ある違和感に気づいた。背中に回した手が、素肌に触れたのだ。ヴィオレットは一糸纏《まと》わぬ姿だった。

「？？？」

状況が把握できないでいると、ヴィオレットは両手でハイドランジアの口元を押す。

柔らかなヴィオレットの手が、唇に触れる。なんともかぐわしい香りがした。

「は、離してくださいまし!!」

「むぐっ!?」

ここで、ハイドランジアはようやく意識がはっきりする。ヴィオレットは服を着ていない。そのため、ハイドランジアを見て悲鳴を上げたのだ。

昨晩、ヴィオレットは猫化した状態でハイドランジアの布団に潜り込み、帰りを待っていた。しか

し、会う前に眠り——今に至る。

猫化が解け、人の姿に戻ったために、服を纏っていないのだろう。

そして寝起きのため、状況を把握できないでいる。

「なんで、旦那《だんな》様が、わたくしの、寝台に⁉」

「むぐぐ、むぐ——!」

ここは私の寝台である、と言いたかったが、口を押さえつけられているので言葉にならなかった。

ヴィオレットの両肩を掴《つか》むと、ハイドランジアの口元から手を離した。ぜーはーと息を整えてから、ヴィオレットに話しかける。

「侍女を呼ぼう。そこで、待っておけ」

ヴィオレットから十分な距離を取る。そして侍女を呼び、ヴィオレットを私室へと連れて行ってもらった。

扉が、ぱたんと閉まる。同時に、がっくりうな垂れてしまった。

一人、部屋に残ったハイドランジアは頭を抱える。どうしてこうなったのだと。

本当の夫婦ならば、このような事態にはならないだろう。

ハイドランジアとヴィオレットは、本当の夫婦ではない。契約で結ばれた関係なのだ。

二人が契約結婚をしたのは、大いなる理由がある。

ヴィオレットは、異性に触れると猫の姿となる魔法にかかっていた。それゆえに、結婚相手が見つからなかったのだ。

一方で、ハイドランジアは周囲からの「結婚しろ!」という圧力を受けていた。女嫌いで、結婚する気なんてさらさらない。ローダンセ公爵家は、年の離れた従弟《いとこ》に継がせようと考えていたのだ。

どこかに都合のいい女はいないものか。探していたおりに、ヴィオレットと出会う。

ヴィオレットは派手な美女という第一印象であったが、性格は見た目とかけ離れていた。

魔法に興味があり、エルフであるハイドランジアを見た瞬間、少女のように瞳《め》をキラキラと輝かせる。魔法使いであるハイドランジアに敬意を抱き、魔法を教える際も覚えがいい優秀な生徒であった。

女主人としても優秀できびきび働き、使用人も彼女によく従っている。今では家のことはヴィオレットに任せきりであった。

結婚生活は案外上手《うま》くいっていたが、悩みの種はヴィオレットの猫化について。

異性に触れると猫化するという呪《のろ》いは、ハイドランジアの心を激しくゆさぶるものであった。

何を隠そう、彼は大の猫好き。ヴィオレットが猫の姿になるたびに奥歯を噛《か》みしめ、口の中に血の味が広がるほど、撫《な》で回したいのを我慢していたのだ。

それなのに、猫の姿のヴィオレットは可愛《かわい》い発言をしたり、肉球を手のひらに押しつけたりと、ハイドランジアの我慢を試すような行動に出る。

ヴィオレットが可愛すぎるあまり、職場で悶絶《もんぜつ》してしまう。そのたびに、副官のクインスから大丈夫なのかという憐《あわ》れみの視線を浴びていた。

ハイドランジアはしだいに、猫の姿でないヴィオレットに強く惹《ひ》かれ、深く愛するようになっていた。しかしながら、ハイドランジアとヴィオレットは、本当の夫婦ではないのだ。結婚式はしていないし、初夜ももちろんなかった。現状、手すらまともに握っていない。

一言「愛している」と伝えたらいいのだろうが、ハイドランジアにとって酷《ひど》く難しいことであった。

職場でのハイドランジアは、大勢の者達が傅《かしず》く魔法師団の師団長であり、第一魔法師《ストイケイア》と呼ばれる国内で一人しかいない優秀な魔法使いだ。エルフでありながら、王都で暮らし、国王より公爵位を賜《たまわ》っているという少々変わった一族の青年である。

誰もが完璧《かんぺき》だというハイドランジアであったが、私生活はこのとおりなんとも残念である。

神は、完璧という存在を作らなかったのだろう。

家に戻ると、ヴィオレットが迎えてくれる。たまに、疲れて眠っていることもあるが、大した問題ではない。そんな結婚生活を、ハイドランジアは愛《いと》おしく思っている。

彼を家で待つ者は、ヴィオレットだけではない。

神話時代より生きる大精霊ポメラニアン。金色の毛並みを持つ高位精霊だが、威厳はまったくなく、ハイドランジアをからかうことを生きがいにしている。

もう一頭は、魔法屋から譲ってもらった幻獣、大白虎《ヴィットティール》の子、スノウワイト。ヴィオレットと契約を交わし、日に日に大きくなっている。現在は一米突《メトル》半くらいに成長していた。非常に可愛らしい猫であるが、ハイドランジアにはまったく懐いていない。

そんな切ない事実はおいておいて。

ぎこちないながらも家族として暮らしてきた一家であったが——平穏は続かない。

十年以上前からヴィオレットに執着する悪徳商人トリトマ・セシリアの動きが、活発になってきたのだ。彼が従えるエゼール家の魔法使いは狡猾《こうかつ》で、尻尾《しっぽ》をなかなか掴ませない。

それだけではなく、国内でも魔法関係の不審な事件が続く。その問題は、国王にまで及んでいた。

病に伏していた国王だったが、その病は何者かに仕組まれて患ったものだった。

いったい誰が、何の目的のために暗躍しているのか。

頭を抱えていた時に、ヴィオレットの呪いについて判明する。彼女の呪いは呪いではなく、自身を守るための変化魔法だったのだ。

それは過去に遡《さかのぼ》ったハイドランジアが、直接見て知ったものである。

トリトマ・セシリアがナイフを振り上げた瞬間、ヴィオレットは自身を猫の姿へと変化させたのだ。以降、ヴィオレットは男性に恐怖を覚えるようになり、危険を感じると猫の姿となってしまう。

猫はヴィオレットを守る盾だったのだ。

いったいどうして、このようなことができるのか。それは、ポメラニアンの口により語られた。

ヴィオレットの前世は竜で、膨大な魔力と魔法知識を無意識に引き継いだまま転生していると。

その転生はトリトマ・セシリアと協力関係にあるエゼール家の魔法使いにより、強制的になされたものであった。

ヴィオレットとトリトマ・セシリア、エゼール家の魔法使いは、前世に関係があった三名である。

トリトマ・セシリアは古《いにしえ》の時代の国王で、エゼール家の魔法使いは死刑宣告を受けた魔法医だった。

呆《あき》れたことに、トリトマ・セシリアは王位を取り戻すため、エゼール家の魔法使いは失った魔法医の地位を取り戻すため、暗躍している。

そんな野望を果たすためには、竜の転生体であるヴィオレットの魔力が必要だったのだ。

家族の幸せを遮る者は、絶対に赦さない。

ハイドランジアは、トリトマ・セシリアとエゼール家の魔法使いを追い詰め、罪を償わせるために奔走する毎日であった。

◇◇◇

三十分後。身支度を整えたヴィオレットは、ハイドランジアと話がしたいとやってきた。

俯《うつむ》き、唇をぎゅっと噛みしめ、なかなか話し始めそうにない。

その間に、ハイドランジアは考える。なぜ、ハイドランジアに触れても彼女は猫化しなかったのか。

偶然だったのか。それとも、恐怖の対象でなくなったのか。

そうだとしたら――。

「あの」

「――ッ!?」

思考に没頭しすぎていたようだ。ゴホン！　と咳払《せきばら》いし、話を聞く姿勢を取った。

「わたくし、なくしていた記憶が、戻りましたの」

「記憶、か？」

「ええ。十年前、あの悪徳商人に殺されそうになった時の記憶が」

ハイドランジアが精神干渉魔法を使った影響だろう。申し訳なく思う。そうとは知らずに、ヴィオレットは肩を震わせている。

怖かっただろう。辛《つら》かっただろう。忘れたままで、よかったのに。

抱きしめて、もう大丈夫だと言ってあげたい。しかし、先ほどの拒絶された様子を思い出すと、接近すらしないほうがいいのではと考えてしまう。

「あの、旦那様？」

「なんだ？」

「当時の記憶を、聞いていただけますか？」

トリトマ・セシリアに襲われた記憶は、見てきたばかりだ。胸くそ悪い出来事だった。二度と見たくも聞きたくもなかったが、ヴィオレットはそうではないだろう。

自分の中に閉じ込めておくには、あまりにも苦しい。誰かに話すことによって楽になるならば、いくらでも聞いてあげよう。

ハイドランジアが頷《うなず》くと、ヴィオレットは静かに語り始める。

「わたくし、ナイフで襲われて、怖くなって――咄嗟《とっさ》に、猫の妖精《ようせい》に助けを求めましたの」

「猫の、妖精……」

それは、ハイドランジアが咄嗟に言った嘘《うそ》である。もちろん、ヴィオレットは気づいていない。

精神干渉魔法は、過去の記憶をのぞき見るものではない。過去に精神を飛ばす魔法である。

ポメラニアンの話は、にわかには信じられなかった。しかし、ヴィオレットがこうして自らの記憶として話したので、信じる他《ほか》ない。

ハイドランジアの言動がヴィオレットの人生に影響を与えているという事実を、どう受け止めたらいいものか。

そんなハイドランジアの心境など知るわけもなく、ヴィオレットは話を続ける。

「猫の妖精に助けを求めたら、自然と猫の姿になっていまして――」

「そのあとの記憶はないのですが、こうして無傷で生きているということは、猫の妖精が助けてくださったのでしょう」

「そうか」

それは、違う。ヴィオレットを助けたのは、父親であるシランだ。

だが、真実は語れない。

ヴィオレットを襲ったトリトマ・セシリアの後頭部を、シランは灰皿で殴った。出血多量で、放っていたら死んでいただろう。

我に返ったシランは、自らの寿命と引き換えに発動させる闇魔法《やみ》で傷を回復させたのだ。

それが原因で、シランは娘の花嫁姿も見ることができずに亡くなった。

「やはり、猫化は呪いではなく、わたくしが恐ろしいと思うと、猫の姿を取って自らを守ろうとしていたのかと」

トリトマ・セシリアの記憶がぼんやりとあったために、男性すべてに恐怖心を抱くという結果になっていたのかもしれない。

ヴィオレットは今までの猫化にそう結論づける。

「先ほど、私に触れても、猫化しなかったことに気づいていただろうか？」

ヴィオレットは頬《ほお》を染めつつ、コクリと頷いた。

「もう一度、あなたに触れてよろしい？」

「それは、構わない」

「ありがとうございます」

ヴィオレットは勢いよく立ち上がり、ぎこちない動きでハイドランジアのもとへと歩み寄る。

長椅子《ながいす》の端から恐る恐るといった感じに手を伸ばすが、彼女の指先はハイドランジアに届かない。

「隣に座ればよかろう」

「え、ええ。そう、ですわね」

ヴィオレットは人が一人座れそうなほどの距離を取り、優雅に腰かける。が、もじもじするばかりで、いっこうに触れようとしない。

「どうした？」

「あの、どこに触れていいのか、分からなくて」

「どこでもいいから、触ってみろ」

「どこでも、いいのですか？」

「ああ」

「で、では、失礼をして」

そして、ヴィオレットは意を決したようにハイドランジアの耳へと手を伸ばした。

むぎゅっと、エルフの長い耳に触れる。

「うぐっ！」

触れるということは、肩や腕だと思っていた。まさかの、耳である。

そこか!!　と叫びそうになったが、ぐっと堪《こら》えた。

エルフの耳は遠くの音を聞き、気配を察する。人のそれよりも敏感なのだ。

カーッと顔が熱くなり、額に汗も浮かぶ。落ち着かない気持ちになり、胸がバクバクと鼓動していた。普段、沈着冷静と言われるハイドランジアだったが、唯一、耳は弱いのだ。

生まれたての子鹿《こじか》のようにぶるぶる震えていると、ヴィオレットが心配そうな表情で覗《のぞ》き込んでくる。

「あら、ごめんなさい」

痛かったのか。そう問われ、首を横に振る。

「な、なぜ、耳に触れた？」

「エルフのお耳を、触ってみたくて。興味がありましたの」

ぐっと、奥歯を噛みしめる。ただの、好奇心だったようだ。

「人の耳とは違っていて、不思議な触り心地でしたわ」

まさか、鷲掴《わしづか》みをされるとは想定もしていなかった。

仕返しだとばかりに、ハイドランジアはヴィオレットの耳に手を伸ばす。

抵抗する様子がなかったので、ヴィオレットの耳に優しく触れた。

エルフの耳とは違い、丸みがあって不思議な触り心地だった。

ヴィオレットの耳の形に沿うように触れていく。すると、彼女の耳がだんだん真《ま》っ赤《か》に染まっていく。人の耳も敏感なのか。

ヴィオレットに聞こうとしたら、顔全体が赤くなっていることに気づく。

「どうした？」

「な、なぜ、わたくしの耳にも触れましたの？」

「いや、好奇心からだ」

「ごめんなさい。耳に触れたあと、あなたが驚いた理由を、たった今理解しましたわ」

他人の耳に触れるという行為はしてはいけない。してもいいとしたら、それは双方がかなり親密な関係にある場合のみだ。

「私とお前は夫婦だろう。親密ではないのか？」

「そ、それは……そうですけれど」

通常であれば耳に触れるのをやめるのだが、ハイドランジアはまだ満足していなかった。耳飾りを吊《つる》す耳たぶは柔らかいと聞いていた。どのような触り心地なのか、気になっていたのだ。

「耳たぶを触ってみたい」

「い、嫌ですわ」

「なぜ？」

「なぜと聞かれましても」

そもそも、なぜ耳を触り合っているのか。しばし考え、話がズレていたことに気づく。

「そういえば、触れても、触れられても、猫化をしなかったな」

「そういえば、そうですわね」

耳に触れられた衝撃で、本来の目的を失念していたのだろう。

ヴィオレットは猫化していない。人の姿を、保ち続けている。やっと、ヴィオレットは猫化を克服できたようだ。

それに気づいた瞬間、ヴィオレットの表情はパッと明るくなった。

「これで、お出かけができるようになりますのね！」

「好きなところに、出かけるといい。どこに行きたい？」

「わたくし、書店に行きたいと思っておりまして」

本を扱う商人を屋敷に招くことはできるが、持ってくる量には限りがある。だが、書店には読み切れないくらいの本があるのだ。

「たくさんの本の中から、偶然目に付いた本を選んでみたくて」

「そうか」

それは、今までヴィオレットがしたくてもできなかったことだ。書店でも図書館でも、好きな時に行けばいい。そう言うと、ヴィオレットは嬉《うれ》しそうにはにかんだ。

「しかし、お前が狙《ねら》われていることに変わりはない。だから、外出時は私と一緒だ」

ヴィオレットは目をまんまるにして、ハイドランジアを見つめる。

「どうした？」

「いえ、旦那様が、ご一緒してくださるとは、思っていなかったので」

「夫として、妻の外出に同行するのは、当たり前のことだ」

「ありがとうございます。実を言えば、まだ、外出は恐ろしいと思うところがあったので、そう言っていただけて、とても安心いたしました」

ヴィオレットは潤んだ瞳で、ハイドランジアを見つめていた。

今すぐ抱き寄せたい衝動に襲われたが、ぐっと我慢する。今は、触れ合うよりも喜びを共にわかち合ったほうがいい。欲望を、押しつけるような行為は働きたくなかった。

何はともあれ、ヴィオレットは大きな一歩を踏み出した。喜ばしいことだろう。

「どこに行きましょう。迷ってしまいます」

嬉しそうにしているヴィオレットを見ていると、心が癒《い》やされる。ずっと笑顔で、暮らしてほしい。

そのために、何ができるのか。ハイドランジアは考える。彼女のためならば、なんでもしてやるつもりだった。

「うーん、どうしましょう」

「外出は一回や二回ではない。思いつく限り、出かければよい」

「でしたら、まずはお庭で、旦那様とお茶を飲みたいです」

「それは、外出でもなんでもないだろうが」

ここで、家令のヘリオトロープが茶を持ってくる。仲良く並んで座る夫婦を見て、一瞬不思議そうな表情を浮かべていた。

「奥様には、ミルクティーを」

「そこにおいてくださる？」

そう言って示したヴィオレットの手と、茶器を差し出すヘリオトロープの手が微《かす》かに触れてしまう。

瞬間、ヴィオレットの前に魔法陣が浮かび——パチンと音が鳴ったのと同時に彼女は猫化した。

『へ!?』

「も、申し訳ございません！」

慌てるヘリオトロープを、ハイドランジアは下がらせた。再び二人きりとなった部屋で、双方頭上に疑問符《はてな》を浮かべていた。

『わ、わたくし、また、猫化してしまいましたわ』

「みたいだな」

耳を垂らし、おろおろするヴィオレットを眺める。

金の毛並みを持つヴィオレットは愛らしい。ただ、人の姿のヴィオレットも同じく愛らしい。

猫好きなだけであった以前と異なり、ハイドランジアの心は大きく変化していた。

一方、ヴィオレットはわずかな変化だった。ハイドランジアが触れた時のみ、猫化しないということのみ。他の異性相手だと猫化してしまう。

「どうしてこうなる？」

そんなハイドランジアの問いに答えられる者は、この場にはいない。

ハイドランジアが触れた時は平気だったのに、家令であるヘリオトロープが触れたらヴィオレットは猫化した。

これは、いったいどういうことなのか。ヴィオレットは理由が分からないのか、視線を宙に泳がせている。

『わ、わたくし、どうして――』

こんなふうになってしまうの？

ヴィオレットは消え入りそうな声で呟《つぶや》く。

過去の記憶は戻った。恐怖の原因も判明したのに、再び猫化してしまった。

もう大丈夫だから、自由に外出できる。

そんなふうに考えていたところでの猫化だったので、落ち込んでいるのだろう。

大きな青の瞳から、大粒の涙がポロポロと流れてくる。それを見たハイドランジアはぎょっとした。

「なぜ、泣くのだ？」

『く、悔しくて』

「なぜ、悔しい？　外出ができないからか？」

『ち、違いますわ。このままだったらわたくし、何もできない、役立たずの妻ですもの』

「そんなことはない」

ヴィオレットの存在は、十分役目を果たしている。ハイドランジアは、なるべく優しい声で彼女を諭した。

「見合いの話もこなくなり、私の精神は穏やかだ。それに……家に、家族がいるというのは……まあ、悪いことではない」

『ほ、本当ですの？　わたくしがいて、迷惑ではないと？』

「そうだ。それに、その猫の姿は……………可愛いと、思う」

『え？』

「二度目は言わない」

ハイドランジアはぷいっと顔を逸《そ》らし、熱くなっている顔を極力隠す。

『わたくしの、猫の姿が、可愛い？』

「まあ、そうだな」

『そういえば、姿を鏡で見たことがありませんでしたわ』

鏡はどこかと部屋をうろつく。居間にはないので、ハイドランジアはヴィオレットの体を掬《すく》うように抱き、衣裳《いしょう》部屋へと連れていく。

『きゃあ！』

「大人《おとな》しくしていろ」

相変わらず、ヴィオレットの毛並みはふわふわで、最高だった。胸に抱きながら、至福の時間を過ごす。

鏡の前に立って、ヴィオレットに自身の姿を見せてやった。

『こ、これが、わたくし？』

「そうだ」

『確かに……あなたの言う通り、か……可愛いと思いますわ』

「だろう？」

しばし、ヴィオレットは自身の姿に見入っている。

自然と頭を撫で、ヴィオレットは目を細めた。

『ふふ……』

淡く微笑《ほほえ》んだあと、ヴィオレットはハッとなりハイドランジアの胸から跳び出した。

先ほどのリラックスした表情とは打って変わって、キリリとした表情でハイドランジアを見上げる。

「いきなり、どうした？」

『あ、あなた、もしかして、猫好き、ですの？』

「それは……」

ヴィオレットに嘘は吐《つ》かないと決めている。だから、ハイドランジアは素直に頷いた。

「犬よりも、猫が好きなだけだ」

『なっ！』

それを聞いたヴィオレットは、大きく後ろへと跳んだ。

ハイドランジアが近づけば、一歩後ろへと下がる。

「どうした、我が妻ヴィオレット？」

『あ、あなた、もしかして……』

「ん？」

ヴィオレットの尻尾はピンと張り、背中の毛並みが逆立つ。

明らかに、警戒されていた。

『わたくしが、猫だから結婚しましたの？』

「……」

その質問に対する答えは――是《はい》であり、否《いいえ》でもある。

『猫が好きだから、わたくしに優しくしてくださったのですか？』

それも、答えは先ほどと同じだ。

『沈黙は、肯定しているようなものですわ』

「ヴィオレット、落ち着け」

『もしかして、猫にしか欲情しない変態ですの？』

「それは違う！」

否定したものの、ヴィオレットの瞳には疑心の色が滲《にじ》んでいた。猫好きがバレたことによって、話がこじれそうになっている。

ここで、喧嘩《けんか》をしている場合ではない。

今は夫婦力を合わせて、問題を解決しなければならないのだ。

ハイドランジアは息を大きく吸い込んで――はく。

腹を括《くく》り、隠していた事情を話すことにした。

その場に片膝《かたひざ》をつき、ヴィオレットと視線を近くする。見下ろしたまま話をするのは、よくないと思ったからだ。

ヴィオレットは姿勢を低くし、ぐるぐると唸《うな》っている。警戒心が最大値にまで跳ね上がっているようだった。

「ヴィオレット、聞いてくれ」

ピクリと耳が動く。一応、話は聞いてくれるようだ。

ハイドランジアは意を決し、今まで誰にも話したことがないことを告白した。

「財産、家柄、エルフ族の血筋と、恵まれた環境で生まれた私には、子どもの頃《ころ》から女がつきまとっていた」

皆、誰一人としてハイドランジアを見ていない。公爵家の財産と家柄、エルフの美貌《びぼう》しか見ていなかった。

日々、蜜《みつ》に引き寄せられた虫のように寄ってたかる女達に、ハイドランジアはいつだってうんざりしていたのだ。

まだ、近づいて自らを主張するだけだったらマシなもので、媚薬《びやく》や眠気薬を盛られたり、寝室に忍び込まれたりと身の毛がよだつような事件もあった。

「そんなことが積み重なるうちに、私は大の女嫌いとなった」

結婚なんて絶対にしない。次代のローダンセ公爵位は従弟が継げばいい。そんなことを考えていた。

「しかし、周囲は私を放っておかなかった」

十六歳となり成人と認められる年齢となれば、次々と結婚話が浮上した。

「鬱陶《うっとう》しく思った私は、お前の父親に、婚約話を持ちかけたのだ」

『そ、そう、でしたの。知りませんでしたわ……』

十年後、再び我慢できないような事態となり、ハイドランジアは渋々結婚を決意する。

今まで何も言ってこなかったノースポール伯爵家の娘ならば、煩わしいと思うことはないのではないか。

もしかしたら、偽装結婚にも応じてくれるかもしれない。そんなことを考えつつ、ハイドランジアはノースポール伯爵家を訪問した。

「そこで私は、お前と出会った」

『ええ……』

輝く金の巻き髪に、美しいが派手な容貌《ようぼう》、出ているべきところは出ていて、引っ込んでいるべきところは引っ込んでいるスタイルの素晴らしさ。

近づけば、薔薇《ばら》に似た豪奢《ごうしゃ》な香りが漂う。

ヴィオレット・フォン・ノースポールは、ハイドランジアが一番嫌いなタイプに見えた。

しかし――彼女はエルフが来たと無邪気に喜び、魔法が使えるのかとキラキラした瞳で問いかける、一風変わった令嬢だった。

ヴィオレットは見た目とは裏腹な、少女のような無垢《むく》な女性だったのだ。

確かに、結婚を後押ししたのはヴィオレットの猫化である。

猫のヴィオレットは震えるほど可愛かったし、異性に触れるだけで猫の姿になるので、夫の務めを果たさなくていい。

まさに、猫好きで女嫌いなハイドランジアに、都合のいい結婚だったのだ。

結婚は偽装だ。これまでの毎日とさほど変わらない。そう思っていたが、ハイドランジアの生活は一変した。

ヴィオレットは魔法を習いたがった。そのため、彼女と話をする機会が増えた。

彼女は、見目は高慢そうで派手な美女である。ハイドランジアがもっとも苦手なタイプだった。

けれど、共に暮らしてみたら案外悪くなかった。むしろ、好ましく思うようになっていった。

「お前の人となりを知っていくうちに、こういう生活も、いいと思うようになれたんだ」

『それは、本当、ですの？』

「ああ、本当だ。だから――」

ハイドランジアはすっと手を差し出して言った。

「これからも、私の妻で、いてくれないか？」

『――ッ!?』

ヴィオレットの逆立っていた毛は元に戻り、まんまるの目をハイドランジアに向けている。

もしも、ヴィオレットが大の猫好きの男が嫌だというのならば、諦《あきら》めるしかない。

『あ、あの』

ヴィオレットはもじもじしながら、ハイドランジアに問いかける。

「なんだ？」

『一つ、質問がありますの。もしも、わたくしが猫化しなくなったら、この結婚は解消しますの？』

「なぜ、そんなことを聞いてくるんだ？」

『だ、だって、あなたは猫が、お好きなのでしょう？　猫化できなくなったら、わたくしは用済み、ですよね？』

「そんなことはしない。どんな姿であっても、お前は私の妻であってほしい」

『猫ではない、わたくしでも、いい、と？』

「そうだと言っている」

そう答えると、ヴィオレットはトコトコ、トコトコトコと素早くハイドランジアに接近し、今度はキラキラした丸い目を向けている。

『わたくしも、あなたの、妻でいたいと、思っております』

ハイドランジアが思わず差し出した手に、ヴィオレットは肉球をぷにっと重ねた。

柔らかな肉球の感触を、信じがたく思った。

「私の趣味を、認めてくれるというのか？」

『ええ。別に、猫好きくらい、なんてことありませんわ』

「ありがとう」

ハイドランジアはヴィオレットを抱き上げ、胸に抱く。

今度は、じっと大人しくしていた――が。ここで、再びヴィオレットの前に魔法陣が浮かぶ。

「ぐうっ！」

「きゃあ！」

ハイドランジアは後ろに倒れ、ヴィオレットは押し倒す形になる。

ガン！　と強く後頭部を打ったが、今はそれどころではない。

ヴィオレットの三角形の耳は半円形になり、ふかふかの毛並みはなめらかな白い肌となる。巻いた金の髪に、大きなアーモンド形の目、スッと通った鼻立ちに、サクランボのような唇。それから、すらりと伸びた手足に、ぷるりと揺れる胸――ヴィオレットは、突然人の姿へと戻った。

唇と唇が触れ合いそうな距離にまで顔が近づく。

ハイドランジアの心臓はバクバクと鳴っていた。

今までどんな可愛い猫を目の前にしても、このようにドキドキすることなどなかった。

しかし今、ヴィオレットを前にして、激しく胸が高鳴っている。

頬に手を添えると、ヴィオレットはうっとりとした目で見つめ返してきた。

「ヴィオレット」

「旦那様……って、きゃああああ!!」

ヴィオレットは今になって、人の姿に戻ったことに気づいたようだ。

「やっ、やだやだ、な、なんで、わたくし、戻って!?」

「お、落ち着け、ヴィオレット！」

「あ、あなた、わたくしを見てはダメ！」

そう言って、ヴィオレットはハイドランジアの目と鼻、口のすべてを塞《ふさ》いだ。

「むぐぐ、むぐぐぐぐぐ!!」

「大人しくなさって!!　人が来てしまうでしょう!?」

その忠告は、遅かった。騒ぎを聞きつけた侍女のバーベナがやってくる。

「失礼いたします！　悲鳴が聞こえたのですが奥様、どうなさ――おっと！」

バーベナが見たのは、ハイドランジアに馬乗りになった裸のヴィオレットである。

「バーベナ、わたくしは大丈夫ですわ。これは、夫婦の問題ですので」

「で、ですが……？」

「むぐぐぐぐ!!」

「大丈夫ですので」

「あの、旦那様が、息をしていないように思われるのですが？」

「あ、あら、本当ですわ！」

バーベナのおかげで、ハイドランジアは事なきを得た。

◇◇◇

ハイドランジアとヴィオレットは互いの気持ちを確認し、再び夫婦として歩む。

まず、ヴィオレットの変化魔法について調べることにした。

なぜ、ハイドランジアと触れた時だけ、変化魔法が発動しないのか。もしかして、ヴィオレットにとって特別な存在だからなのか。

それとも――。

『お主が、意識されていないからではないか？』

「は⁉」

背後から信じがたい言葉が聞こえる。振り返った先にいたのは、小型犬の姿をした大精霊ポメラニアン。艶《つや》やかな毛並みは金色で、愛くるしい姿をしている。しかし、その見た目に反して古めかしい言葉で喋《しゃべ》り、声が野太いことは広く知られていない。

『お前は嫁にとって、まったくの無害な男なのだ。だから、自分自身を守る必要はない、人畜無害な男』

「無害な……男……？」

『そうだ』

別に、特別でもなんでもない。ハイドランジアはヴィオレットにとって、取るに足らない相手なのだ。そう思えば、変化魔法が発動しない理由も説明が容易《たやす》い。

『もしやお前、嫁が自分のことが好きだから、変化しないのだと勘違いしていたのか？』

「普通、そう思うだろう」

『これだから、恋愛経験のない男は困るんだ』

「うるさい‼　この、ポメラニアンめ‼」

強気な態度で憤っていたものの、何か好かれるようなことをしたのかと問われる。自らを振り返って見たところ、何も言い返せなくなった。

『これから、嫁を溺愛《できあい》しまくるのだ』

「で、溺愛、しまくる⁉」

溺愛しろと言われ、頭の中が真っ白になる。溺愛とは、具体的にどうすればいいのか。宙を彷徨《さまよ》っていた視線は、最終的にポメラニアンに行き着く。

ポメラニアンはニヒルな笑みを浮かべながら、問いかけた。

『知りたいか？』

「し、知りたい……！　どうか、頼む……！」

『ふん。仕方がないな』

こうして、ハイドランジアはポメラニアンに溺愛について学ぶことにした。

紙とペン、インク壺《つぼ》を用意すれば準備は整う。

『まず、お前が思う溺愛を教えるぞよ』

「溺愛――それは、目に入れても痛くないような愛し方だろうか？」

『否！　それは孫を愛する爺《じじい》であるぞ』

「な、なんだと⁉」

『ジジイみたいな恋愛観しかもっておらぬから、嫁にモテぬのだ』

「こ、こいつ……！」

もう、教えなどいらないと叫び出しそうになった。しかし、このままでは爺のような包容力をもってヴィオレットに接してしまう。

ただ、上から目線のポメラニアンから教わるのは我慢ならない。

『なんだ、反抗的な目だな。溺愛について、知りたくないようだ』

「そんなことは、ない。爺のような愛情表現しか知らないと、困る。だから、溺愛とやらを、教えてくれ。頼む」

『まあ、そこまで言うのであれば、仕方がない』

ポメラニアンはハイドランジアの執務机に跳び乗り、インク壺に前足を入れる。

インクが垂れる前に、ハイドランジアが広げていた紙に肉球をぐっと押しつけた。きれいな肉球形が、紙に写し出される。

『溺愛実践術その一、一日一回、嫁を褒めるのだ』

ハイドランジアはポメラニアンの肉球スタンプの横に、教えをさらさらと書いていく。

ポメラニアンは二個目の肉球をポン！　と押した。

『溺愛実践術その二、一日一回、愛を囁《ささや》くのだ』

「愛を……ってはあ⁉」

『これが、基本的な溺愛だ』

一応最後まで書ききってから、もう一度読んでみる。

「一日一回、愛を囁く、だと⁉」

『そうだ』

「愛……とは？」

『は？』

「具体的な言葉を、知りたい」

『別に、愛しているとか、好きだとか、なんでもあるだろうが』

「……」

いきなり、飛び越えなければならないハードルが上がった。

ハイドランジアは頭を抱え込む。

その間に、ポメラニアンは三つ目の肉球を紙に押しつける。

『溺愛実践術その三、一日一回、愛する嫁にキスをする』

「キ、キス、だと!?」

『そうだ。別に、唇にしろとは言わない。額や、頬でもいい』

「……」

唇以外も、難しいように思えた。

「キスなど、どういうタイミングですればいいのだ」

『溺愛実践術その一からその二をスムーズにすませれば、おのずとキスをする雰囲気が完成しておるぞ』

「そ、そうなのか？」

『ああ。間違いない。嫁を褒めて、嫁に愛を囁いたら、きっと、瞳をウルウルさせてお前を見上げているはずだ。そこで、すかさずキスをする』

「な、なるほど。キスができる雰囲気が、出来上がっていると」

書き終わった溺愛実践術を手に取り、何度か読み返す。

「これは、すごい技術だ！」

『そうであろう』

「ありがとう。心から感謝する、ポメラニアン」

『初めてお前に、ありがとうと言われたな』

「そんなことないだろうが」

『いいや、言われた覚えはこれっぽっちもないぞよ』

ハイドランジアは明後日《あさって》の方向を見て、考える。言われてみたら、感謝の気持ちを伝えた瞬間はなかったような気がした。

『ちなみに、お前の親父《おやじ》は一度も礼など言わぬまま死んだ』

「それは、悪かった。父上に代わって、礼を言っておこう。ポメラニアン、今まで苦労と世話をかけた。ありがとう」

『ふむ。苦しゅうないぞよ』

使用人を呼び、ポメラニアンに蜂蜜《はちみつ》を垂らしたミルクを与えるように命じた。

あとは、寝室に行って溺愛実践術を頭に叩《たた》き込み、作戦を考える。

どのような話題を振った末にヴィオレットを褒めるのか。

どのようなタイミングで、愛を囁くのか。また、その際の言葉を考えておく。

そして、最後のキス。

一回目は、唇ではないほうがいいだろう。

この国で額にキスをするのは親愛の証《あかし》。頬は挨拶《あいさつ》。唇は愛情。

初めは、親愛を示したほうがいいのか。しばし考えていたが、答えは浮かんでこない。

考えるよりも、実際に行動に移したほうがいい。そう思って、ヴィオレットの部屋まで向かうことにした。

突然転移魔法で現れたらと、驚かせてしまうだろう。学習したハイドランジアは、徒歩でヴィオレットの部屋まで向かった。

「あら。旦那様、いかがなさいましたか？」

ちょうど、ヴィオレットの部屋から出てきた侍女のバーベナが、怪訝《けげん》な表情でハイドランジアを見る。主人に見せる顔ではない。しかし、ここ数日、ハイドランジアはバーベナが不審に思う行動ばかり見せていた。仕方がないと、自らに言い聞かせる。

開き直って、バーベナに言葉を返した。

「我が妻と話をするのに、大層な用事が必要なのか？」

「いいえ。ですが、今まで、奥様を訪ねてやってくることなどなかったでしょう」

「そういう気分なのだ」

「はあ、さようでございましたか」

「それよりも、あれは何をしている？」

「お勉強をされているようです。魔法書と、にらめっこですよ。声をかけても、気づかないくらい集中なされているようです」

「そうか」

そろそろ休憩時間を取ったほうがいいと思い、茶と菓子を用意しようとしていたところだったようだ。ハイドランジアはこくこくと頷きながら、バーベナに命じる。

「ならば、茶は二人分用意してくれ」

「ええ、そのように」

ハイドランジアはヴィオレットの私室に入る前にノックをしたが、返事はなかった。それほど、集中しているのだろう。

バーベナの許可は得ているので、中に入らせてもらう。

ヴィオレットは執務机につき、何か一生懸命書き写している。表情は真剣そのものだ。

足元には、スノウワイトがいた。また、大きくなっている。仔馬《こうま》と同じくらいか。

まだまだ、大きくなるのだろう。

一歩部屋に入ると、スノウワイトにジロリと睨《にら》まれてしまった。相変わらず、ヴィオレットにしか心を許していないようだ。

毛並みは子猫のとき同様、輝かんばかりの美しさだ。触りたい気持ちを押し殺し、一歩一歩とヴィオレットに近づく。

ヴィオレットは靴を片方脱ぎ、足先でスノウワイトのお腹《なか》を撫でていた。羨《うらや》ましい。いいや。むしろ自分もヴィオレットに撫でてほしい。などと、一瞬思ってしまう。

ヴィオレットの寵愛《ちょうあい》を受けるスノウワイトは、本当に幸せ者だ。立場を、入れ替えてくれないものか。ジッと見つめていたら、スノウワイトはハイドランジアと目が合う。その瞬間、起き上がって「シャア!」と鳴いた。

「スノウワイト、どうかなさっ——まあ、旦那様! いつからそこにいらっしゃったの?」

「やはり、気づいていなかったか。大した集中力だ」

「ええ、今、とても興味深いところで」

ヴィオレットは瞳を輝かせながら、ページを開いて見せてくる。ハイドランジアはごく自然に、ヴィオレットに近づくことができた。

ここから、ポメラニアンに習った溺愛実践術を試す。脳内で作戦を考える。

溺愛実践術は以下の通りだ。

溺愛実践術その一、一日一回、嫁を褒める。

溺愛実践術その二、一日一回、愛を囁く。

溺愛実践術その三、一日一回、愛する嫁にキスをする。

その一はなんとかできそうだが、その二は酷く難しい。その二が成功したら、その三もいけるだろう。勇気を出して、一歩前に踏み出さなければならない。

と、ここで、ヴィオレットからじっと見つめられていることに気づき、わずかにたじろいでしまう。

「旦那様、何をしにいらっしゃいましたの？」

「べ、別に、理由はなくとも、我が妻の顔を見に来ることは、悪いことではないだろう？」

声は震え、早口になってしまった。しかし、ヴィオレットにとっては意外な理由だったのか、目を見開いてハイドランジアを凝視している。

その視線に、色っぽさは欠片《かけら》もない。

それはまるで、珍しい虫を発見したような、そんな眼差《まなざ》しだった。どうしてこうなったのだと、心の中で頭を抱える。

しかしまだ、心は折れてはいない。もう一歩、前に踏み出すのだ。

「して、何を勉強している？」

「光魔法の運用について、魔法書を読みながら、概要をまとめていますの」

「そうか。読んでも構わないか？」

「ええ、間違っているところもあるかもしれませんが」

どれどれと学習帳を覗き込んだら、魔法書に書かれている魔法式がびっしりと写されていた。写すだけではなく、独自の解釈と応用についても書かれている。

ハイドランジアは学習帳を手に取り、文字を指先で追った。すらすらと読み進めていたが、ある箇所から指先の動きが遅くなる。

「あの、何か間違いでもありましたの？」

「これは――すごい!!」

「え？」

ヴィオレットはポカンとした表情で、ハイドランジアを見る。

「研究者が解明できなかった魔法式を、解いているではないか！」

「そ、そうですの？」

「ここを読め。この部分は、今まで誰も気づかなかった」

「そちらは、古代の光魔法の、節約術の応用から引用したもので」

「なんだ、その本は？」

「お父様の書斎にあったものですわ」

題名を聞いたが、ハイドランジアは読んだことのない書物だった。おそらく、自費出版の魔法書なのだろう。

「なるほど。一見関係ないように思える書物に、そのような発見があったとは！」

ハイドランジアは夢中になって、ヴィオレットが書いた文章を読み続ける。

「これらの応用が活かされたら、夜の街はさらに明るくなるかもしれない」

街には、魔石灯《ませきとう》と呼ばれる魔法の灯《あか》りが点《とも》されている。夜明けから夕方までの間に魔力を集め、夜の明かりとして使うという仕組みだが、あまり明るくないというのが難点なのだ。もしも、ヴィオレットが考えた応用が使えたら、少ない魔力で魔石灯を明るくできる。

「素晴らしい論文だ！」

手放しに褒めるとヴィオレットは頬を染め、恥ずかしそうにしていた。

「引用した部分も多いですし、わたくしが考えたところはごく一部ですけれど……」

「いいや、今までそれに誰も気づけなかったのだ。誇っていい」

「あ、ありがとうございます」

「詳しい話を聞かせてくれ」

ハイドランジアはヴィオレットの手を取り、長椅子のほうへと誘う。膝に学習帳を置き、ヴィオレットを隣に座らせた。

「これは、どういう仕組みなのだ？」

「それは――」

ヴィオレットが書いたものに、ハイドランジアが補足を加える。

だんだんと、魔法のイメージが固まってきた。

三時間後――魔石灯の光力向上の魔法式が完成した。

バーベナが茶を持ってきたのにも気づかないほど、互いに集中していたようだ。スノウワイトも、いつの間にかいなくなっている。

そんなことよりもと、完成したばかりの魔法を試してみることにした。ヴィオレットが文字を指先で追い、ハイドランジアが読み上げる。テーブルの上にあった手持ち式の魔石灯は、強い光を放った。

新しい光魔法の魔法式は大成功である。

「旦那様！　やりましたわ！」

ヴィオレットがあまりにも嬉しそうに言うので、ハイドランジアが喜びを抱擁で表した。

そして、耳元で囁く。

「ヴィオレット、お前は、最高の妻だ！」

その言葉を聞いた瞬間、ヴィオレットはぎゅっと身を強張《こわば》らせる。

抱擁が突然すぎたのか。

離れようとしたが、今度はヴィオレットがハイドランジアの背中に腕を回した。

どうやら、抱擁は問題ないようだった。今だけは素直に、気持ちを伝える。

「このように、やりがいと喜びを感じることは、久々だ」

「わ、わたくしも、嬉しく、思います」

「そうか」

ヴィオレットは回した腕に、力を込めた。

ここで、ハイドランジアは我に返る。抱き合ったあと、どういうタイミングで離れたらいいのかと。

今この瞬間、興奮して忘れていたハイドランジアの五感が戻ってくる。

ヴィオレットはかぐわしく、柔らかで、声は可憐《かれん》で見目も美しい。もしや、彼女自身を口に含めば甘いのか。

このようなことさえ浮かぶほど、いい女だ。

そんなヴィオレットを抱きしめた状態で、今度はハイドランジアが体を強張らせた。ぎこちない動きで離れると、ヴィオレットは潤んだ目でハイドランジアを見上げていた。

ここで、気づく。自然と、妻を褒め、愛を囁く溺愛実践術を実行していたのだ。

ヴィオレットはうっとりとした表情で、ハイドランジアを見上げている。溺愛実践術その三、一日一回、愛する嫁にキスをする、を実行すべき時ではないのか。

ハイドランジアはヴィオレットの頬へ手を伸ばし、手の甲で撫でた。額を撫でた猫が目を細めるように、ヴィオレットは気持ちよさそうな表情となる。

もちろん、小動物に嫌われるハイドランジアは、そのような表情にさせたことはない。バーベナに懐いていた猫が、撫でられている時に見たのである。

ヴィオレットは、ハイドランジアに気を許している。キスをしても、問題ないだろう。

そっと近づき、頬に唇を寄せる。

触れる前に、一瞬動きを止めた。嫌ならば、ここで押し返すだろう。

しかし、ヴィオレットはハイドランジアの上着を強く握っただけだった。

嫌ではないのだろう。そう思って、頬にキスをした。

触れたヴィオレットの頬は、薔薇色に染まっていく。

「旦那様……」

それは、懇願のように聞こえた。

今度は、唇にキスを。そう思い、頬を両手で包み込む。

正面から覗き込んだヴィオレットの瞳は、濡《ぬ》れていた。そして、唇にキスをしたが――触感に違和感を覚える。

『んにゃ？』

「む？」

ヴィオレットの唇が、ふわふわしていたのだ。

ヴィオレットは、猫の姿になっていた。

『な、なな、なんでですの!?』

それは、ハイドランジアも聞きたいと思った。

キスをしようとしたら、ヴィオレットは猫化してしまった。

いったいどういうことなのか。

まさか、恐怖を覚えたからなのか。だとしたら、申し訳ない。

ハイドランジアは立ち上がり、後ずさる。

『ち、違いますのよ！』

「違う、とは？」

『あ、あなたが恐ろしくて、猫化したわけではありません！』

ヴィオレットは猫の足でたしたしと長椅子のクッション部分を叩き、隣に座るように主張する。

「隣に、座ってもいいのか？」

『いいといっていますの』

ハイドランジアはゆっくりと長椅子に近づき、そっと腰かけた。

「……」

『……』

しばし、沈黙の時間を過ごす。非常に気まずい雰囲気だった。ハイドランジアはすっかり冷えた紅茶を飲み、顔を顰《しか》める。

『バーベナに、新しいお茶を淹《い》れるよう、お願いしましょうか？』

「いや、いい」

温めるだけならば、自分でもできる。ハイドランジアは火魔法を使って、手の中の茶を温めた。

しかし、想定外の結果となる。ぼこぼこと沸騰し、磁器のカップにヒビが入った。

「熱っ！」

『まあ、大丈夫ですの？』

アツアツになったカップを、慌ててテーブルに置く。同時に、カップは二つに割れて、紅茶は零《こぼ》れた。

今度は、手を冷やさなければ。

ハイドランジアは早口で呪文《じゅもん》を詠唱し、水魔法で水球を作り出す。その中に手を突っ込んで冷やした。数分冷やし、水球から手を引く。赤みは完全に引いていた。

そのあとで、回復魔法を使ったら一瞬で治ったのにと気づいた。そもそも、茶は自分でどうにかするものではない。使用人の仕事だ。

動転し、すっかり忘れていたのだ。

「……」

『……』

魔法の制御は難しい。魔法をかける対象が小さなものだと、余計に困難になる。ハイドランジアは身を以《もっ》て実感していた。

気まずい雰囲気だったが、ゴホンと咳払いをして己の失敗を取り繕う。

「おいしい紅茶を淹れることは、魔法を使う以上に繊細な技術を要する」

『ええ、わたくしも、そう思いますわ』

「使用人は、大事にしなければならない」

『それも、同感です』

は――と、深いため息が出てしまった。どうにも、調子が狂っている。

「思うように、いかないな」

『わたくしも、同じことを考えておりました』

意見が合ったところで、ヴィオレットがぽつりぽつりと話し始める。

『わたくし、こんな身でありながら、結婚すると聞いて、いろいろ覚悟はしておりましたの』

もしかしたら、子どもを産むように言われるかもしれない。それ以外にも、妻の務めは山のようにある。

『慈善活動をしたり、家に来たお客様をもてなしたり、使用人達を労《ねぎら》うパーティーを開催したり』

その中に、夫となる人と手を繋《つな》いだり、キスをしたりと、接触する可能性も頭の片隅にあったようだ。何も考えずに、嫁いだつもりはないと。

「女としての感情は二の次として、結婚したからには、すべて受け入れるつもりだったのか？」

『ええ。最初は、そう思っていました』

けれど、ハイドランジアの人となりを知り、理解を深めるようになって、本当の妻として役目を果たしたいと思うようになったのだという。

『先ほどだって、わたくしの考えたことを評価してくださったことも、とても嬉しくて……。だから、決して、キスが嫌で猫化したわけではありませんので』

「わかった」

ヴィオレットはその幼少期に、トリトマ・セシリアに殺されそうになった。

その記憶がなくなり、すべての男性に恐怖を抱くようになった結果、猫化してその身を守るようになったのだ。

記憶が戻ったとはいえ、男性への不信感がすべてなくなったわけではないだろう。

ハイドランジアは唇へのキスを反省する。

今日《きょう》はまず、頬へのキスだけに止《とど》めておくべきだったのだ。

と、反省したものの、依然として気まずい雰囲気は続く。

『あ、あの、旦那様？』

「なんだ？」

『お詫《わ》びといってはなんですが……』

ヴィオレットはもじもじと、恥ずかしそうにしている。尻尾をゆらゆら揺らしながら、上目遣いで問いかけてきた。

『旦那様は、猫がお好きだとおっしゃっていましたよね？』

「まあ、犬よりは好ましいと思っているだけだが」

『ええ。それで、その、よろしかったら、わたくしを撫でてみますか？』

「は？」

『バーベナから、話を聞いたのです。猫に触れたくても、怖がられて逃げられていたということを』

「……」

即座にバーベナめ！　と思ったが、ふと、魅力的な提案が聞こえたような気がした。

「今さっき、撫でてもいいと言ったか？」

『え、ええ。旦那様が、わたくしを撫でたいのであれば……』

またとない提案である。断る理由は一つもない。ハイドランジアはキリリとした表情で、言葉を返した。

「頼む、撫でさせてくれ」

『よろしくってよ』

ヴィオレットはピンと背筋を伸ばし、撫でてもらう姿勢を取った。ハイドランジアはがっつかないよう、ゆっくりと手を伸ばす。

まず、毛足の長い背中に指先を埋めた。やはり、ヴィオレットの毛の触り心地は最高である。

触れた手を、ゆっくり、ゆっくりと動かしていった。

『んっ……！』

ヴィオレットの体は微かに震え、尻尾がピーンと立つ。ハイドランジアはすぐさま手を離し、謝罪した。

「すまない。力が、強かったか？」

『い、いえ。このように、触れられることに、慣れておりませんので』

「そうか。嫌だったら、すぐに言ってくれ」

『ええ』

これで、ヴィオレットが嫌だというまで撫でることができる。

触れる際はそっと、優しく。

自らに言い聞かせ、今度は指先で額を掻《か》く。猫はここを撫でられるのが好きだと、以前バーベナが言っていたのだ。

ヴィオレットは気持ちよかったのか、ごろごろと喉《のど》を鳴らしている。

尻尾は楽しげに、右に左にと揺れていた。

頬に触れ、顎《あご》の下を撫でる。ヴィオレットは心地よさそうに、目を細めていた。ハイドランジアはヴィオレットを持ち上げ、膝の上に載せて撫でた。

もふもふ、もふもふとヴィオレットの毛並みを堪能する。

最後に、抱き上げて仰向けにし、腹を撫でようとしたが——。

『きゃあ！』

「ん？」

ヴィオレットはびくりと体を震わせ、ハイドランジアの膝から跳び下りた。

「どうした？」

『さ、先ほどの体勢は、い、いやらしい、ですわ‼』

「いやらしい、だと？」

『ええ！』

ヴィオレットは瞳を潤ませ、強く訴えた。

どこがいやらしいのかよくわからなかったが、人間に置き換えるとたしかにいやらしい。

人の姿のときでも、髪や頬を撫でることはある。だが、腹部や胸元は撫でないだろう。

ヴィオレットは、猫のように撫でてはいけない。人であることを前提に、触れなければならないのだ。その点を、すっかり失念していた。

深々と頭を下げ、謝罪する。

「すまなかった」

ハイドランジアは素直に謝った。

ヴィオレットは毛を逆立て『もう、二度となさらないでくださいまし』と怒られてしまった。

今は、しつこく謝らないほうがいいのだろう。後日、きちんと謝りたい。

第二話　愛を告げるエルフと、ツンツン嫁

出勤後、ハイドランジアは誰《だれ》もいない執務室で一人ぼんやりしていた。

昨日《きのう》は大変な一日だった。

ヴィオレットと接し、心の距離が少しだけ近づいたような気がする。

おまけに、猫の姿でいるときに、触らせてもらった。失敗してしまったが……。

それはさておき、ヴィオレットの毛並みは、大変素晴らしかった。ずっと撫《な》でていたいと思うくらいに。

きっと、髪の毛の手触りも絹のようなのだろう。触れてみたいが、なかなか言い出せずにいる。

ヴィオレットについて考えていたら、執務室に金色の毛並みを持つもふもふした生き物が入ってきた。のっそりのそのそと、ハイドランジアに接近する。

「閣下、おはようございます」

いったい何の生き物かと思いきや、毛皮の外套《がいとう》を纏《まと》った副官クインスであった。

「おい、クインス。その外套はどうした？」

「あ、セールで買ったんです。ちょっと色合いが派手なのですが、とっても暖かいですよ！」

じっと、クインスの外套を見つめる。なんだか、猫のヴィオレットの毛並みに似ているように思えてならない。

触り心地を、確認しなければ。ハイドランジアは立ち上がり、クインスに接近する。

「どわ！　閣下、な、なん――」

もふもふ、もふもふもふと、クインスの毛皮の外套に触れた。

「これは、違う!!」

ヴィオレットの毛並みとはほど遠い手触りに、ハイドランジアは叫んでしまった。

「わー、申し訳ありません。これ、偽物毛皮《フェイクファー》なんですよお」

涙目になるクインスに、ハイドランジアはキリッとしつつ一日の予定を言うように命じる。

朝から部下をもふもふなんぞしている場合ではない。しっかり仕事をしなければ。

魔法師団での一日が、始まる。

◇◇◇

相変わらず、魔法師団での仕事は忙しかった。幸い、クインスが優秀なのでなんとか回っている。

やっと迎えた休日は、ヴィオレットの問題について考えていた。

ヴィオレットの前世は竜だった。

人に殺されてしまった竜の魂は、酷《ひど》く人を恐れている。

ヴィオレットは幼い頃《ころ》から、事あるごとに竜の意識が見え隠れしていたらしい。ヴィオレットの父は大精霊ポメラニアンに頼み、竜の意識を封じた。

この件を、ヴィオレットに話すべきか否か、ハイドランジアは悩む。十年前の記憶が戻ったばかりなのに、さらに竜の転生体であることを話したら気に病むのではないか。

見た目は派手な美人であるが、中身は穢《けが》れを知らぬ少女のように天真爛漫《らんまん》。

今は魔法を熱心に学び、穏やかな毎日を過ごしている。できるならば、苦しみの中に突き落としたくない。

しかし、これから先、何が起こるか分からない。隠しておくことが、よい方向に転がるとは限らないのだ。

むしろ、きちんと伝えていたほうが、ヴィオレットのためになるだろう。ポメラニアンの封印だって、いつまで続くか分からないのだから。

考えれば考えるほど、分からなくなる。

選択を誤ったら、ヴィオレットは不幸になってしまう。これ以上、彼女が悲しむところをハイドランジアは見たくないのだ。

「――クソ！」

苛立《いらだ》ちを募らせ、執務机をドン！　と叩《たた》く。手に痛みが走ったが、それ以上に心が痛む。

ヴィオレットに隠し事はしない。結婚した時に、そう決めていた。

迷うことなどないのだ。

ハイドランジアにできることは、真実を伝えること。

それから、ヴィオレットを何がなんでも守ることのみ。

ヴィオレットの中に竜が宿っていたという話は、具体的な証拠がない。話をするならば、その点も説明が必要だろう。

ヴィオレットの亡き父が何か記録を付けているのかもしれない。ハイドランジアはすぐさま、ノースポール伯爵邸へ転移魔法を展開させた。

◇◇◇

「ローダンセ閣下、本日もお日柄がよく……」

ヴィオレットの兄、ノースポール伯爵は額に汗を浮かべながら出迎えてくれた。

先触れなしの、突然の訪問である。無理はない。

「義兄上殿《あにうえどの》、他人行儀な呼び方などせず、ハイドランジアと呼び捨ててくれ」

「あ、まあ、そう、ですね……ハイドランジア」

ハイドランジアは満足げに頷《うなず》きつつ、本題へと移った。

「本日訪問したのは、義父上殿《ちちうえどの》——故シラン殿の件について聞きたいと思い」

「父についてですか」

「さよう」

遺品——日記や論文、研究書などあれば見せてほしいと頼んだ。

「父の書斎はそのまま残っています。その……お恥ずかしい話、資金繰りに苦しんでいましたので、価値のある書物がないか古文商に調べてもらったのですが、特に、珍しい書物はないと」

「なるほど。しかし、一度見せていただこうかと」

「はい、ご自由にどうぞ」

「感謝する」

一人で探したいと言い、書斎の鍵《かぎ》を預かる。

ずんずんと一人で向かおうとしていたら、ノースポール伯爵に呼び止められた。

「閣下――ではなくハイドランジア。ち、父の書斎をご存じで？」

「知っている……」

ここでふと、気づく。現代では、一度も行ったことがないと。過去に転移した際に、幼いヴィオレットを追った先がシランの書斎だったのだ。

現在のハイドランジアが、シランの書斎を知っているというのは、おかしな話である。

ノースポール伯爵はああ見えて、慎重で疑い深い性格だ。不審な行動を取れば、変に勘ぐられる可能性がある。

ハイドランジアは振り返り、尊大な様子で言い直した。

「いや、知らなかった。案内を頼む」

「かしこまりました」

過去で見た記憶と同じ場所に、シランの書斎があった。ここで一人、ヴィオレットが本を読んでいたことを思うと、胸が締め付けられる。

「妹は幼い頃、ここに閉じこもって本を読んでいたのです」

「知っている……」

「え？」

「いや、知らなかった！」

さすがに、二回目の「知らなかった」は不審な視線を受けてしまう。誤魔化しようがないので、ハイドランジアは気づかなかった振りをした。ズンズンと部屋の奥へと進んでいく。

中に入ると、カーテンが閉ざされ、少しだけ埃《ほこり》っぽい臭いがする。

「すみません。週に一度掃除をして、空気の入れ替えをするだけのようで……。掃除をさせましょうか？」

「いや、いい」

ハイドランジアが指をパチンと鳴らすと、淡く発光する魔法陣が浮かび上がる。そこから、手のひら大の妖精《ようせい》が二十ほど出てきた。

ふわふわの毛玉に見えるが、れっきとした妖精である。

「ハイドランジア……こ、これは？」

「掃除妖精だ」

掃除妖精――人が出す埃や塵《ちり》を食料とする変わった妖精だ。あっという間に、部屋の中のゴミを食べてしまう。

ハイドランジアが命じると散り散りとなり、部屋の埃を食べ始めた。

澱《よど》んだ空気も浄化してくれるので、ものぐさな魔法使いは手離すことのできない妖精だ。

あっという間に、部屋の埃臭さはなくなった。

「わ……これは、すごいですね」

「便利だろう？」

「ええ、本当に」

もう一度、指を鳴らしたら妖精界へと戻っていく。

「では、ここを調べさせてもらう。日が暮れるまで、邪魔するぞ」

「承知いたしました。それでは、ごゆっくり」

使用人の手によってカーテンが広げられ、部屋は明るくなる。書斎は過去に見たのとまったく変わらない姿を維持していた。

扉が閉ざされたあと、ハイドランジアは一人調査を開始する。

まず探すのは、本棚ではない。シランの執務机だ。最大の目的は、ヴィオレットの竜の意識が出た時の記録である。

以前、ノースポール伯爵に日記や記録の類《たぐい》はないと聞いていたが、隠してある可能性もあるのだ。

机の抽斗《ひきだし》には、ペンやインク、蝋燭《ろうそく》にシーリングスタンプなど、どこにでもあるような文房具しか入っていない。思わず、舌打ちする。

仕掛けがある可能性も疑ったが、ただの机のようだった。

今度は本棚のほうへと挑む。目に魔力を集中させ、本棚を睨《にら》んだ。すると、魔力の残滓《ざんし》が見えるようになる。

本棚にあるのは魔法書なので、さまざまな魔法痕《あと》が残っていた。その中で、現在も発動されたままの『魔法』を見つけた。

一冊の本に、結界がかけられている。それは、どこにでもある魔法の基本が書かれた教書であった。

金庫の鍵を開けるように、ハイドランジアは慎重に結界を解いていく。

そして――魔法は解かれた。

本を手に取って頁《ページ》を開くと、探していたものだったのでハイドランジアの口元から笑みが零《こぼ》れる。

それはシランの日記だった。

ハイドランジアはシランの日記帳を手にしたまま、一人掛けの椅子《いす》に腰かける。

先ほどから、本を持つ手がビリビリと痺《しび》れていた。

これは、呪《のろ》いの類である。

「使っているのは、呪朱《じゅしゅ》インクだな」

表紙に描かれた朱色のインクの魔法陣は、術者が息絶えても効果が続く特別な魔法だ。

技術はとうの昔に途絶え、現代には伝わっていない。

ノースポール伯爵家に伝わる魔法書に、生成方法が書いてあったのか。と、今はそんなことを気にしている場合ではない。中の確認をしなければ。

本自体にも呪朱インクを使った封印が施してあったが、第一魔法師《ストイケイア》であるハイドランジアは難なく解いた。

結果、シランは二重に仕掛けを施していた。かなり用心深い男のようだ。

革表紙を開き、パラリと紙を捲《めく》る。

「ほう……？」

思わず、感嘆の声が出る。日記帳は古代文字で書き綴《つづ》られていた。

それだけではない。暗号文のような構成になっており、ただ古代語を知っているからといって読めるものではなかった。

ハイドランジアは組んでいた脚を戻し、居住まいを正した状態で解読に取りかかる。

文章の癖を見つけるのに、一時間もかかってしまった。

途方もない数の文字と文字を組み合わせ、文章にあった並びの法則を発見したのだ。

長椅子の背もたれに背中を預けたら、ため息が出た。

まさか、魔法使い独自の古代語の解読をすることになるとは、まったく想定していなかった。

謎《なぞ》の達成感と疲れを覚えつつ、本格的に日記を読み始める。

そこにあったのは、シランの愛娘《まなむすめ》ヴィオレットの誕生から始まった育児日記だった。

シランは娘ヴィオレットの誕生を、それはそれは喜んでいた。

しかし、最初の悲劇が訪れる。

それは、妻の死だった。ヴィオレットを出産した翌日に、産後の肥立ちが悪く亡くなってしまったようだ。

ただ、シランは妻の死に疑問を覚えていたようだ。まるで、魔力の枯渇状態に似ていると書かれてある。

シランの妻は、竜の転生体を腹に宿し産んだのだ。もしかしたら、母体に大きな負担がかかってしまったのかもしれない。

ヴィオレットは乳母の乳を飲み、すくすく育った。

天真爛漫なヴィオレットの様子に、ノースポール伯爵家の者達は心癒《い》やされていたようだ。

そんな中である事件が起こる。

それはヴィオレットが幼い頃、避暑旅行で行った先の湖に落ち、生死の境目をさ迷ったことがあったようだ。

発熱は三日三晩続き、どの薬も効果はなく医者も匙《さじ》を投げてしまったらしい。

シランは絶望していたが、四日目の朝にヴィオレットは目覚めた。

しかし、目覚めたのはヴィオレットであり、ヴィオレットでなかったのだ。

ヴィオレットは傍《そば》についていたシランを恐れた。

シランだけではない。医者や使用人など、ヴィオレットに近づくすべての人を怖がったのだ。

ヴィオレットと呼びかけても、反応を示さない。

ヒステリックな悲鳴は、幼い子どもがあげるようなものではなかった。

ここで、シランは思う。まるで、何かがとり憑《つ》いているようだ、と。

幸い、ヴィオレットの異変は時間が経《た》ったら収まった。同時に、熱が引いていったという。

いったい『ナニ』が、ヴィオレットの精神を支配していたのか。

シランは独自に調べたものの、見つからなかったようだ。

その後も、ヴィオレットの別の意識が出ることがあった。

決まって、ヴィオレットが熱を出したり、怪我《けが》をしたりと弱まっている時に出てくる。シランはヴィオレットが外出中、うっかり怪我をして豹変《ひょうへん》することを恐れた。それが、外出禁止に繋《つな》がる。

いったいどうしてこのようなことになったのか。

シランはヴィオレットを徹底的に調べ上げる。そこで、驚くべき魔力量に気づいたようだ。

周囲に知られたら、研究対象として連れ去られてしまう。それを恐れ、ヴィオレットに魔法を教えなかったようだ。

さらに、シランは豹変したヴィオレットが叫んだ言葉や行動を記録しており、それらを一つ一つ拾った結果、あることに気づく。

ヴィオレットは、竜の転生体かもしれない、と。

突拍子もない推測ではあるものの、魔力量や知識、言動を照らし合わせると、そうとしか思えなかったようだ。

その後、シランはヴィオレットを、竜の生まれ変わりだと仮定する。接触も、以前より慎重になった。

前世の意識に支配され、シランの愛娘だったヴィオレットの意識が日に日に薄くなっていく。

だんだんと、竜の意識が出る頻度が高くなり、乗っ取りの時間も長くなっていた。

シランが少し話しかけた程度で、ヴィオレットは竜に体を受け渡していたのだ。

このままでは、ヴィオレットは完全に竜に意識を乗っ取られてしまう。

そう恐れたシランは、大精霊ポメラニアンを召喚しヴィオレットの中に存在《あ》る竜を封じるよう願った。

大精霊の召喚は、体の負担となる。また、対価として捧げる魔力も、シランの命を削るようなものだった。

日記には、シランの命はもう長くないと書かれていた。

呪いのこともあるので、ヴィオレットを嫁がせることができず、深く悔やんでいるようだった。

庇護者《ひご》が現れることを、願っているとも書かれている。ヴィオレットの兄は魔法に詳しくない。もしものことがあったら大変だとも。

父親とは、娘のために命を懸けることができるらしい。

最後のページに挟まれてあったのは、一通の手紙だ。

「これは！」

呪朱インクでハイドランジア・フォン・ローダンセ殿と書かれている。ハイドランジア宛の手紙だった。

どうやら、シランが死んだら届くような魔法をしかけていたようだが、日記の封印の力に魔法が阻まれてしまったようだ。

ハイドランジアはすぐさま手紙を開封する。

そこに書かれてあったのは、ヴィオレットを取り巻く事情だった。

契約で婚約していることになっているものの、よかったら本当にヴィオレットとの結婚を考えてくれないかという懇願が書かれている。

字が、ところどころ滲《にじ》んでいた。

おそらく、シランは涙しながら書いていたのだろう。

読み終わったあと、ハイドランジアは日記帳を手に帰宅することにした。

ヴィオレットの兄であるノースポール伯爵に挨拶《あいさつ》を済ませ、ハイドランジアはローダンセ公爵邸の私室へと転移魔法で戻る。

『きゃあ！』

「む⁉」

悲鳴をあげたのは、ヴィオレットだ。

まだ猫化から戻っていないようで、ハイドランジアの椅子に丸くなっていた。

突然ハイドランジアが帰ってきたので、驚いたようだ。

「そこで、何をしていたのだ？」

そう問いかけると、ヴィオレットはすぐに動揺を押し隠したように取り繕う。そして、ピンと胸を張って答えた。

『旦那《だんな》様のお帰りを、お待ちしていましたの！』

今まで丸くなりリラックスしていたように見えたが、今の様子だとずっと背筋を伸ばして待っていたかのように思える。

あまりにも可愛《かわい》らしい主張に、ハイドランジアは内心メロメロになっていた。

猫な妻が夫の帰りを待つ。可愛い。可愛すぎる。最高だと思った。

ふと、人の姿のヴィオレットがハイドランジアの椅子に座って待っている姿も想像してみる。ヴィオレットは上目遣いで、「おかえりなさいませ」と言うのだ。

想像しただけで、悶絶《もんぜつ》するほど可愛い。

「最高だ」

『何が最高ですの？』

「は？　い、いや、なんでもない」

外套を脱いで椅子の背にかけ、ヴィオレットを抱き上げる。美しき毛並みを持つ妻ヴィオレットは、特に抵抗をしなかった。

ハイドランジアはそのまま椅子に座り、ヴィオレットは膝《ひざ》の上に置く。

「なぜ、私を待っていた？」

『きちんと、仲直りをしていないと思いまして』

「そうだった、な」

思い返してみたら、ヴィオレットの腹に触れようとして怒られて終わったような気がする。

『バーベナがすぐに仲直りできる方法を、教えてくださいましたの』

いったい何を吹き込んでくれたのか。ため息をつきつつ、問いかける。

「なんだ？　教えてくれ」

『横を向いていただけます？』

内緒話のように、こっそり耳打ちしてくれるのか。

そう思い、指示された通り横を向いた。

ヴィオレットは前足をハイドランジアの胸に置き、そっと顔を近づける。猫のわずかな体重が胸にかかり、ハイドランジアは密《ひそ》かに歓喜の震えを起こす。

ヴィオレットの姿を間近で見たいが、正面を向いたら怒られるだろう。

そう思っていたのに、ヴィオレットの『あら？』という言葉に反応して正面を向いてしまう。

「!!」

『!?』

夫婦は互いに瞠目《どうもく》する。

ヴィオレットの顔は、想定よりも近くにあったのだ。

そして、正面同士で向き合う形となり、唇と唇は重なり合ってしまった。

想定外のキスに、二人の中に流れる時が止まる。

それも束《つか》の間のこと。

ヴィオレットの前に白く輝く魔法陣が浮かび上がり、パチンと弾《はじ》けた。光に包まれ、猫のシルエットは人型に変わっていく。

そして――。

「きゃあ！」

ヴィオレットは突然、猫の姿から人の姿に戻った。もちろん、服など着ていない。生まれたままの姿で、ハイドランジアの膝の上に在った。

「ど、どうして、こうなりますの!?」

ハイドランジアも聞きたい。しかし、一つわかったことがある。どうやら、猫化と人化の引き金はキスにあるようだった。

いったいなぜ？

そんなことを考える前に、すべきことがある。真っ赤《まか》になるヴィオレットに、椅子の背にかけてあった外套を貸した。

白い肌がチラチラと視界に飛び込んできたが、なるべく見ないようにする。夫婦なのに、なぜ見てはいけないような空気になっているのか……。

正直に言ったら、思う存分眺めたい。

そんな個人的な気持ちは端のほうに押しやった。

とりあえず、バーベナを呼ぶ。

「おやおや奥様、大変なことに。どうぞ、こちらへ」

「え、ええ……」

扉はパタンと閉ざされる。

ハイドランジアは天井を見上げ、ふうと息をはいた。

三十分後、ヴィオレットは戻ってきた。

「旦那様、ごめんなさい……」

「いや、いい。むしろ私のほうこそ、すまなかった」

横を向いておくように言われたのに、正面を向いてしまった。悪いのはハイドランジアだろう。

「あの時、何に反応したのだ？」

「顎《あご》の下に、ホクロがありましたので、つい反応を……」

「そうだったのか。知らなかった」

顎の下など、鏡を使わない限り自分で確認などできない。

「それに、口髭《くちひげ》も生えていなくて、きれいなお肌だなと」

「どこを見ているのだ」

口髭はあるに決まっている。毎朝、世話妖精が手入れをしてくれているだけだ。そんな事情を話すと、ヴィオレットは途端に目を輝かせた。

「ここは、妖精がいますの？」

「この家の、あちらこちらにいる。臆病《おくびょう》だから、姿を見せない者が大半だがな」

「童話の世界のようですわ」

猫に変化する妻のほうが、もっとも童話の世界のような存在だろう。

本日何度目か分からないため息をつく。

とりあえず、ヴィオレットは怒っていなかったようだ。

「それにしても驚きましたわ。どうして、旦那様とキスすると姿が変わってしまうのでしょう？」

「それは――感情のブレが原因だろう」

魔力と感情は繋がっている。怒ったり、悲しんだり、喜んだりと、冷静ではない時に魔法を使うと、思いがけない効果を発揮するのだ。

ヴィオレットは嫌ではないと言った。だから、拒絶ではないだろう。

だったら、なんなのか？　嫌いの反対は、好きである。

もしや、ヴィオレットはハイドランジアを意識している？　思っているほど、嫌われてはいないということなのか。

ただ、勝手にそう分析するのは、自意識過剰だろう。ヴィオレットが気づくのをじっくり待つしかない。

「そういえば、仲直りは何をしようとしていた？」

「頬《ほお》にキスを」

「ほう？」

それは、素晴らしい仲直りの方法だ。唇にキスには劣るが。

ここで、名案を思いつく。

「我が妻、ヴィオレットよ」

「な、なんですの？」

「私達は、確認をしなければならない」

結婚パーティーを開く際、簡易的な婚礼儀式を見せる。その時に、誓いの口づけをしなければならない。

「人前でキスをするなど、はしたないですわ」

「その前に、キスをしたら猫化してしまうだろう。猫化の秘密は、露見させるわけにはいかない」

「そ、そうでしたわ」

何もキスは唇と唇でなくてもいい。別に、額や頬でも構わないのだ。

現状、どの部位に反応して、猫化や人化をしているのかは不明である。

「結婚パーティーをする前に、私がどこにキスをしたら猫化するのか、確認をしなければならない」

「それは、そうですわね――」

ヴィオレットは言いかけ、顔を真っ赤にさせる。そんなことなどお構いなしに、ハイドランジアは提案する。

「今、確認をしてみよう」

どこにキスをしたら猫化するのか、しないのか。確認する必要がある。そう主張すると、ヴィオレットは真っ赤になって反論した。

「そ、それ、どうしても、必要ですの？」

「私にとっては、だがな。嫌だというのならば、無理強いはしない」

下心は大いにある。

しかし、魔法使いの視点から見ても、キスで姿が変わるというのは非常に気になる。

下心の件を除き、魔法使いの観点から重要性を主張すると、ヴィオレットも興味を抱き始めた。

「たしかに、興味がないとは言えませんわ」

「だろう？」

手招くと、ヴィオレットはゆっくり、ゆっくりとハイドランジアへ歩み寄る。それは、警戒心の強い子猫のようだった。

ハイドランジアはヴィオレットのほうを向き、膝をぽんぽんと叩いた。

「そこに、座れとおっしゃっていますの？」

「それ以外に何がある？」

「どうして、座る必要が？」

「キスがしやすい」

ヴィオレットは顔全体を真っ赤にさせ、ジロリとハイドランジアを睨んだ。しかし、迫力はいまいち欠けている。

「膝に座ったら、魔法を一つ見せてやろう」

「どんな、魔法ですの？」

「火で小さな竜を作る」

「まあ！」

興味がそそられたのか、ヴィオレットはすぐさま近づいてくる。

ただ、膝に座ることは抵抗があったようだ。再びハイドランジアが膝を叩くと、渋々といった感じで座った。

「旦那様。早く、見せてくださいまし」

「分かった」

ヴィオレットが至近距離にいるせいでいまいち集中できないが、約束を守るために魔法を展開させる。

まずは指先に小さな魔法の火を灯《とも》し、魔力を練って含ませる。竜を想像し、火に念を送った。すると、火に翼が生え竜の形となった。

火でできた竜は翼をはためかせ、ヴィオレットの目の前へと飛んでいく。

「まあ、とっても素敵！」

振り返ったヴィオレットの瞳《め》は、宝石のようにキラキラと輝いていた。

魔法の火で作った竜は、羽ばたいていったあと天井につく前に消えた。

「他《ほか》にも作れますの？」

「猫……とか」

「火の猫ちゃん！」

見てみたいと目で訴えてくるので、ハイドランジアは火で猫を作る。小さな猫は、ハイドランジアの執務机の上をぴょこぴょこと跳ね回る。

最後は処分する書類入れに飛び込み、中の紙を灰と化してくれた。

「可愛らしい魔法ですのね。これはどのような目的で使う魔法ですの？」

「それは……」

猫を間近でみたいあまり、作ろうと思った魔法である。

しかし、触れることのできない魔法は空《むな》しいと気づかせてくれたものでもあった。

竜は攻撃魔法として使えないか、研究中だ。

そんなしようもない理由を、隠すことなく伝えた。

バカにされるかと思ったが、そんなことはなかった。ヴィオレットは目を細め、優しい表情で言葉を返す。

「旦那様は、本当に猫がお好きですのね」

「犬より好ましいだけだ」

「はいはい」

ヴィオレットは返事をしながら、ハイドランジアのほうを向く。目を閉じて、キスでもなんでもどうぞと勧めた。

その様子は無防備すぎる。

ドキン、ドキンと胸が高鳴った。正直に言えば、かなり興奮している。

生唾《なまつば》をごくんと飲み込み、なるべく感情を抑えた声で問いかけた。

「いいのか？」

「ええ。素敵な魔法を見せていただいたのですもの。わたくしも、協力しなくては」

「感謝する」

まずはヴィオレットを抱き寄せる。想定外のことだったのか、ヴィオレットの睫毛《まつげ》がふるりと震えた。あまりにも初心《うぶ》な反応である。

ますます、興奮してしまったのは言うまでもない。

「旦那様、このように、くっつく必要は、ありますの？」

「ある。大いに」

断言した。すると、ヴィオレットは意外にも納得してくれる。

「でしたら、いいですけれど」

本当に嫌だったら、抵抗するだろう。

しばし動きを止めたが、ヴィオレットは身じろぐ様子はない。

嫌ではないということだ。

まずは姫に忠誠を誓う騎士のように、指先にキスをした。

「うっ……！」

指先に口づけしただけだというのに、ヴィオレットの体はびくんと震える。

「そ、そこから、ですのね」

「ああ。徹底的に調べるつもりだ」

指先は問題ないようだ。続いて、手の甲にキスをする。

「あっ……！」

悩ましい声に、ハイドランジアは冷静ではいられなくなった。

この先三十年分の理性をかき集め、ヴィオレットに問いかける。あくまでも、余裕ある大人《おとな》の男を装いながら。

「どうした？」

「こういうことを、されるのは慣れていませんので……」

うっすら開いたヴィオレットの瞳は、潤んでいた。社交界デビューをしていないので、異性との接触には慣れていないのだろう。

通常であれば、社交ダンスで異性と手と手を取り合い、密着することを経験しているはずなのだ。

実をいえば、ハイドランジアも異性にこのようなことをするのは初めてである。夜会の時に、女性から手を差し出されたことはあったが、知らない振りをしていたのだ。

ありえないほどヴィオレットと密着し、張り裂けそうなほど胸が高鳴っていた。だが、ここでやめるつもりはない。もしかしたら、このような状況は二度と訪れない可能性があるからだ。

「続きは、どうする？」

「べ、別に、構わなくてよ」

「そうか。だったら――」

ハイドランジアは頬に軽くキスをした。

「――ッ！」

ヴィオレットは軽く反応を示したが、猫に変化する気配はない。

「頬にキスは、問題ないようだ」

「え、ええ」

続いて、額に唇を寄せた。変化の兆しはない。

今度は、首筋にキスをする。ここも、問題ないようだ。

ヴィオレットは「はあ」、と熱い息をはく。安堵《あんど》のため息にしては、酷く艶《なま》めかしい。

ハイドランジアは呼吸の仕方も忘れたのか、苦しくなる。冷静な思考を司る神経は、とっくの昔に焼け切れて、すでになくなっているようだった。

「続けて、いいのか？」

「え、ええ」

最後は唇だ。もう、ためらう気持ちなんてない。

ヴィオレットの顎に手を添え、キスする。

ただの行為として集中したかったが、今日《きょう》ばかりは魔力の流れに注目せざるをえない。

なんとか意識を集中し、神経を尖《とが》らせた。

唇が触れ合った瞬間、ハイドランジアの魔力はヴィオレットのほうへと動いていく。

それはわずかな量ではあるが、ヴィオレットの中ですぐさま活性化されるようだ。

ヴィオレットの前に魔法陣が浮かび上がり――姿は猫へと変わった。

脱げたドレスに埋もれたヴィオレットは、水中から顔を出すように『ぷはっ！』と言いながら顔を覗《のぞ》かせる。

「なるほど。わかったぞ」

ハイドランジアはヴィオレットを抱き上げて喜んだ。だが、彼女の表情は、無だった。

「キスで猫化や人化するのは、魔力の行き来がなされているからだ」

『そう、でしたの』

ヴィオレットが人の姿をしている時は、ハイドランジアから魔力を吸収する。

一方、ヴィオレットが猫の姿をしている時は、逆にハイドランジアが魔力を吸収するのだ。

魔力の動きが原因だったことが明らかとなる。

ここで、ヴィオレットの異変に気づいた。背中の毛皮を逆立たせ、尻尾《しっぽ》はピンと伸びている。

「どうした？　原因が判明したのに、嬉《うれ》しそうじゃないな？」

『……』

若干、『ぐるるるる』と唸《うな》るような声も聞こえた。

「言わなければ、気持ちなど理解できない」

正直な気持ちを伝えると、ヴィオレットはポツリポツリと話し始める。

『わたくし、キスをされて、すごくドキドキしましたの。でもあなたは、そうじゃないようで、浮かれていたのは、自分だけだって思ったら恥ずかしくなりまして』

その主張に、ハイドランジアは素直な気持ちを伝えた。

「私も同じ気持ちだったが？」

『え？　だって、キスは魔法のためだったのでしょう？』

「そうだが、そうではない」

『分かりやすいように言ってくださいまし』

下心もあったと言えばいいのだろうが、軽蔑《けいべつ》されそうで躊躇《ためら》う。他に言葉がないか探したが、相応《ふさわ》しいものが見つからない。

そのまま、率直な気持ちを伝えるしかなかった。

「私は、ヴィオレットとキスがしたかった。それでは、だめだろうか？」

『え——!?　い、いえ、そう、でしたのね』

ヴィオレットの背中の毛は元に戻り、尻尾も下に垂れる。シンプルな言葉で、納得してくれたようだ。ホッと胸を撫で下ろす。

「話があるが、猫のままで構わないか？」

『なんですの？　改まって』

「大事な話だ」

ヴィオレットの前世について、ノースポール伯爵邸に行って調べてきたのだ。父シランの苦労は想像を絶するものだった。

これをヴィオレットに伝えるのが正解なのか、分からない。しかし、ハイドランジアは隠し事や嘘《うそ》が大嫌いである。ヴィオレットにとって酷なことかもしれないが、本人に起こっていることである。知る権利があるはずだ。

『このまま、旦那様のお膝で聞いてもよろしいですか？』

「え？　ああ、問題は、ない」

ヴィオレットを抱き上げ、脱げたドレスは椅子にかける。

執務室から続き部屋となっている居間に移動し、長椅子に腰かけた。

『それで、大事なお話とはなんですの？』

「先ほど、お前の実家に行ってきた」

そう言った瞬間、膝の上に座るヴィオレットの毛がぶわりと膨らんだ。

『も、もしかして、わたくしを実家に返すための相談を、しにいったのですか？』

「どうしてそうなるのだ」

離縁の相談をしにいったと勘違いしたようだ。安心させるように、優しく頭を撫でる。すると、つんつん逆立っていた毛は元に戻った。

『では、なんの用事でわたくしの実家に？』

「お前の父の、日記を探しにいったのだ」

『なぜ、お父様の日記を？』

「それは……」

拳《こぶし》をぎゅっと握る。まだ、腹を括《くく》れていなかったようだ。そんなハイドランジアの手の甲に、ヴィオレットが肉球をそっと添える。

『お父様の日記に、わたくしについて何か書かれていましたのね？』

「そうだ。記憶にないかもしれないが、お前の中には、もう一つ意識がある」

『え？』

「竜だ。竜の意識が存在する」

『竜って……どうして、わたくしの中に？』

信じがたい話を聞いて微《かす》かに震えるヴィオレットを腕の中に包み、意を決し真実を告げた。

「ヴィオレット、お前の前世は竜なのだ。前世の竜の意識が残ったまま、転生したようだ。つまり、一つの体に、二つの意識がある状態だ。一つはヴィオレット、もう一つは、竜」

『な、なんですって⁉』

当然というべきか。ヴィオレットに自覚はなかったようだ。

まずは、ポメラニアンから聞いた前世の話からする。

「それは、気が遠くなるほど、昔の話だ」

エルフを慕う竜は、魔王退治に出かけたエルフを追って人里に下り、人に騙《だま》されて処刑される。

そんな竜を、転生させたのがトリトマ・セシリアに手を貸すエゼール家の魔法使いだった。

「トリトマ・セシリアがお前を襲ったのは、竜の力を覚醒《かくせい》させるためだ」

『なっ……！』

「竜の意識は、現在封印されている」

子どもの時から何度も竜の意識が出ることがあったと告げると、ヴィオレットはショックを受けているのか、言葉を失っていた。

「お前の父はこの件をずっと隠していたようだが、私は隠さないほうがいいと思った。もしも聞きたくない話であるのならば、記憶から消すこともできる」

『記憶を、消す、ですって？』

「ああ。この件は、お前も辛《つら》いだろう」

『なんでですの？』

「は？」

顔を上げたヴィオレットの瞳は——キラキラと輝いていた。落ち込んでいるかと思いきや、興味津々といった様子である。

『前世が竜って、すごいことではありませんわ!?』

「それは、まあ……」

実に楽しそうに、他にも情報はないのかと急《せ》かす。ペチペチと、手の甲を肉球で叩いてくるのだ。

これは魔法に対する好奇心に満ち溢《あふ》れた、いつものヴィオレットである。

『わたくし、お父様が何か隠し事をしているって、気づいていましたの。だって、普通じゃないでしょう？　社交界デビューどころか、外出すら自由にできなくて、年頃《としごろ》になっても、結婚話の一つも浮上しない。絶対に猫化以外で何か問題があるはずだと、想像していましたの』

実は王家の隠し子だったとか、誘拐してきた子どもとか、亡国の姫君だったとか。ヴィオレットはいろいろと自らの正体について、思いを馳《は》せていたようだ。

『でも、前世は竜ということは、まったく想像していませんでしたわ！』

ヴィオレットの思いがけない反応を前に、ハイドランジアは天井を仰《あお》いだ。

『旦那様、どうかしましたの？』

「いや、この話を聞いて、ショックを受けると思っていたのだが……？」

『驚きましたが、悪い意味でのショックはありませんでしたわ』

想像力が豊かなヴィオレットは、自分が特別な存在だという妄想をして時間を潰《つぶ》していたらしい。

『だって、そうでもしないと、やっていけませんわ』

「そう……だな」

想像以上の前向きさを、頼もしいと思えばいいのか、悪いのか。

それでも、すべてを打ち明ける気は毛頭ない。ヴィオレットが気に病むといけないので、シランが命を懸けて守ったことは言わないでおく。

『それにしても、トリトマ・セシリアとエゼール家の魔法使いは酷いですわ』

「まったくだ」

前世の竜を殺しただけでは飽き足らず、無理やり転生させて現代に甦《よみがえ》らせた。それだけではなく、竜の力を使って玉座に納まろうとしていた。

『あの、旦那様？』

「なんだ？」

『竜の力を、わたくし達が借りることはできませんの？』

「それは――」

竜の力を得たら、トリトマ・セシリアやエゼール家の魔法使いなど敵ではなくなる。しかし、封印している竜を呼び起こすのは、あまりにも危険だ。

「お前の体が、竜に乗っ取られる可能性がある」

『そうならないようにできないのかと、聞いているのです』

「ふむ……」

ハイドランジアは腕を組み、眉間《みけん》に皺《しわ》を寄せた。世界最強の生物と言われる竜は、人の手でどうにかできる存在ではない。

では、どうすればいいのか。

ハイドランジアはしぶしぶと、奥の手を口にした。

「ポメラニアンの力を借りる」

ハイドランジアに呼ばれたポメラニアンは、使用人が開いた扉から入ってくる。

『旦那様、なぜポメラニアンを呼びましたの？』

「黙っていたのだが――」

ポメラニアンが大精霊であることは、ヴィオレットに話していなかった。

ヴィオレットはポメラニアンを普通の犬と思い、接してきた。一緒に眠っていた時もある。これも、ショックを受けるだろうか。戦々恐々としながら話す。

「実は、ポメラニアンは千年以上もの時を生きる大精霊なのだ」

『本当ですの!?』

ヴィオレットはハイドランジアの膝から跳び下り、ポメラニアンのほうへと向かった。

『ポメラニアン。あなた、本当に大精霊ですの？』

『まさに、我は大精霊である』

『まあ！　ポメラニアンが、喋《しゃべ》りましたわ！』

猫と犬が話す童話チックな光景が広がっている。そこにハイドランジアが近寄ると、さらに物語のような世界観が広がっていた。

しかしながら、これは紛《まが》うかたなき現実である。

「ヴィオレット、黙っていて、すまない」

『いいえ。驚きましたけれど、納得しましたわ』

「納得？」

『ええ。常々、ポメラニアンは普通の犬とは違うと思っていましたの』

ヴィオレットに対し、何かを見守るような視線を投げかけるような時があったのだとか。

『わたくし、ポメラニアンに話しかけたことがあって――』

まるで言葉がわかるようだ。もしや、理解できているのだろうかと、ヴィオレットはポメラニアンに語りかけたことがあったらしい。

『そんな時、決まって気まずいような表情を浮かべて、顔を逸《そ》らしていましたの。絶対、何かあると思っていましたわ』

「そう、だったのか」

この件も、ヴィオレットにとっては驚くべき事実ではなかったようだ。あっさりと、ポメラニアンが大精霊であることを受け入れてくれた。

ポメラニアンはヤレヤレといった様子で、ハイドランジアに問いかける。

『して、何用だ？　茶番を演じさせるために、呼び出したのではないのだろう？』

「相談がある」

まず、ヴィオレットに竜の封印を施しているのは、ポメラニアンだと説明していく。父シランと契約し、今に至るのだとも。

『お父様が、ポメラニアンと……？』

「ああ、みたいだ。私は最近まで知らなかったがな」

ヴィオレットはポメラニアンに対し、深々と頭を下げた。

『あなたがいなかったら、わたくしはここにいなかったかもしれませんわ。ありがとうございます』

『別に、契約に従って封印を施しただけだ。礼を言うならば、父親のほうぞ』

『そう、ですわね』

だが、シランはもういない。その事実は、ヴィオレットの心に影を落としているようだ。五年も経っているが、肉親を亡くすということは慣れない。父親との縁が薄かったハイドランジアですら、辛いことだった。

「ポメラニアン。今日お前を呼んだのは、こうして真実を告げるだけではない。一つ、願いがある」

『断る』

「まだ、何も言っていないだろう？」

『お前の願いなんぞ、とんでもないことに決まっておるだろうが』

「まさに、その通りだ」

そのとんでもない願いを、ハイドランジアはポメラニアンに告げる。

「我が妻ヴィオレットの中に封じられている竜と、対話したい」

『してどうする？　相手は竜だ。話など、通じるわけがないだろう』

問いかけに答えるのは、ハイドランジアではなくヴィオレットだ。

『ですが、わたくしの中に封じられているのでは、気の毒ですわ』

『しかしだな……』

どうやら、ポメラニアンはヴィオレットに弱いらしい。ハイドランジアと話す時のように、辛らつな言葉は返さない。

『具体的に、何を話すというのだ』

『力を、お借りすることができないかと』

『そんなに、簡単にできることではないだろう』

もしも、体が乗っ取られたらどうすると問われ、ヴィオレットは口をぎゅっと閉ざす。

そのようなことは、させない。

ただ、相手は竜。エルフである自身よりも、高位の存在だ。具体的な対策は、何一つなかった。

だからこそ、こうしてポメラニアンに相談しているのだ。

『わたくしは――竜と仲良くなりたいと、思っています』

『竜と、仲良くだと？』

『ええ。だって、せっかく一緒の体にいるのに、存在を封じられているとか、あまりにも気の毒ですので』

『……』

これは、ヴィオレットの強い好奇心と優しさからくる考えなのか。

竜と仲良くなるという考えすら、なかった。

古代より、竜という存在は人から畏怖《いふ》され、鱗《うろこ》や肉、血は魔法の道具として利用され、力を借りる時は強制的な契約で使役していた。

心を通わせた例など、聞いたことがない。ポメラニアンも同じことを思っていたようだ。

『なるほどな。竜と友に、か』

もしかしたら、ヴィオレットにだったら心を開くかもしれない。

頑固で偏屈なポメラニアンがここまで気を許しているのだ。竜とも、打ち解けられる可能性がある。

『難しいことでしょうか？』

『そうだな……。しかし、魔法使いと戦争をするならば、竜を味方につけていたほうがいいだろう』

最悪、ヴィオレットが死んだ場合、竜の封印が解けるかもしれない。心が汚染された竜はヴィオレットの体から解放され、邪竜となって暴れ回る可能性がある。

ヴィオレットは深々と頭を下げ、ポメラニアンに懇願していた。

『どうか、お願いいたします』

ポメラニアンの表情は険しい。ヴィオレットの願いでも難しいかと思ったが――。

『よし、わかった。お主ら二人を、竜の精神世界へと飛ばす』

ポメラニアンはあっさりと、願いを承諾した。やはり、ヴィオレットの言うことには弱いようだ。いつもこうだと、やりやすいのに。ハイドランジアは恨みがましい視線をポメラニアンに送る。すると、それに気づいたポメラニアンはふふん、と愉快そうに鼻を鳴らしていた。

生意気な様子に耳を引っ張りたくなったが、ぐっと我慢する。大人の余裕を、今こそ見せる時だった。

『体が竜の意識に乗っ取られないよう、結界も張っておこう。ただ、一度入り込んだら、竜が認めるまで出ることはできない。どうする？』

ハイドランジアとヴィオレットは見つめ合う。

「私は、さっさとこの件を解決したい」

『わたくしも、です』

ならば、答えは一つしかない。

ハイドランジアはヴィオレットに手を差し出す。すると、ヴィオレットはハイドランジアの膝に跳び乗り、手のひらに肉球をぺたりと添えてくれた。

『覚悟は決まったようだな』

「ああ」

『準備はいいか？』

『あ、猫ではなく、人の姿に、戻りたいです。すぐに、身支度をしますので。それで、その……』

ヴィオレットは上目遣いでハイドランジアを見る。もじもじしながら、ある願いを口にした。

『その、旦那様、人の姿に戻りたいので、キスをしていただけませんか？』

人の姿に戻りたいからキスを、という願いなのにハイドランジアは興奮してしまった。

上目遣いで妻に乞《こ》われるのは、悪くない。

否、非常に気分がいい。最高だ。

『おい、色ボケエルフよ』

「誰が色ボケエルフだ！」

ポメラニアンの言葉に、全力でツッコミを返してしまう。

ヴィオレットがポカンとしているのに気づき、ゴホンと咳払《せきばら》いしてその場を取り繕った。

「その……ポメラニアン、なんだ？」

『変化の魔法を解くならば、ここでしないほうがよい。生まれた時と同じ姿になるのだろう？』

「そうだったな」

ヴィオレットは猫から突然人の姿となった時、毎回大騒ぎだった。

「だったら、すぐに身支度ができるようにバーベナを呼んで……」

『旦那様、使用人の前でキスをするなんて、恥ずかしいですわ』

「そ、それもそうだな」

とりあえず、ハイドランジアの執務室でないほうがいい。すぐに身支度ができるよう、ヴィオレットの部屋のほうがいいだろう。

ヴィオレットを抱き上げ、転移魔法を使って移動した。

『まあ、転移魔法！』

ヴィオレットは髭《ひげ》と尻尾をピンと伸ばし、喜んでいた。あまりにも愛らしいので、ぎゅっと抱きしめて頬擦《ほおず》りする。

『だ、旦那様、いかがなさいましたの⁉』

「あ……いや……」

ヴィオレットはだんだんと、不審者を見る目つきとなる。理由もなく抱きしめることは、ありえないことだった。仕方がないので、正直に告白した。

「はしゃぐお前が、その、可愛かったから、身を寄せただけだ」

『あ、あら、そ、そう、でしたのね』

キリリとしていたヴィオレットの表情は一変し、ふにゃりと和らぐ。それから、少し恥ずかしそうにもじもじしていた。

ハイドランジアも恥ずかしくなってきたので、本題へと移る。

「して、猫化の解呪《かいじゅ》はどうする？」

『寝室……がいいかもしれないですわ。すぐに、シーツで身を隠すことができますし』

「そうだな」

猫のヴィオレットを抱いたまま、寝室へ移動する。

寝室はヴィオレットの香りが特に強く、ハイドランジアは羞恥《しゅうち》を覚えた。

ここは、普段は立ち入ることのできない、ヴィオレットの神域なのだ。

『旦那様、どうかいたしまして？』

「いや、なんでもない」

一歩、一歩と寝台へ近づき、ぎこちない動作でヴィオレットを布団の上に下ろす。時間をかけるから、このように緊張するのだ。キスなど、一瞬で終わらせてやる。

ハイドランジアはそう思い、ヴィオレットに顔を近づけた、が——。

『旦那様、お待ちになって』

唇を、肉球で押さえつけられる。

びっくりしたが、肉球の触感は悪くない。とてもぷにぷにだった。

人の姿のヴィオレットの唇も、これくらいやわらかかった。

もしかしたら、人の唇と猫の肉球は、同じ触感なのかもしれない。詳しく調べたいが、絶対に嫌がられるだろう。

『だ、旦那様？』

ヴィオレットの怪訝《けげん》な声を耳にし、ハッと我に返る。

「どうした？」

『いえ、一瞬、白目を剥《む》いていたような気がしましたので、大丈夫かな、と』

大丈夫ではなかったようだ。ヴィオレットのことになると、天にも昇るような気持ちになる。

用心していないと、そのまま昇天してしまいそうだった。

『あの、このまま人の姿に戻るのは恥ずかしいので、目隠しをしていただけます？』

「目を閉じるだけではダメなのか？」

『絶対に見ないことを、命を懸けて約束します？』

目の前に、裸のヴィオレットがいる。絶対に、瞼《まぶた》を開いてしまうだろう。

先ほど、理性は三十年分前借りしていたので、現在のハイドランジアには残っていなかった。

その気持ちを、簡潔に告げる。

「いや……見るかもしれない」

『でしょう？』

ヴィオレットは枕《まくら》の下に置いているハンカチを取り出す。

『旦那様、このハンカチで、目を覆ってくださいまし』

「なぜ、枕の下にハンカチがあるんだ？」

『夜、泣きたくなる時があるでしょう？』

「いや、ないが。なぜ、泣いていたのだ？」

『そ、それは……』

嫁いだ当初は、よく一人で泣いていたらしい。そんなに、ハイドランジアとの結婚が嫌だったのか。胸が締めつけられるように苦しくなり、申し訳ない気持ちでいっぱいになる。

「悪かった」

『え？』

「もっと丁寧に、段階を踏んで、結婚を申し込めばよかった」

思い返せば、最低最悪の求婚だったように思える。いきなりノースポール伯爵家に押しかけ、脅すように結婚を取り決めた。

「本当に、すまなかった」

『いえ……。当時の実家は困窮していて、早急な支援が必要でしたし、それに、今は泣いておりません。毎日楽しく、過ごしておりますわ。旦那様には、感謝の気持ちでいっぱいです』

「そう、なのか？」

『ええ。最近は毎日、ぐっすり眠っていますわ』

「だったら、よかった」

ヴィオレットの頭を撫でると、気持ちよさそうに目を閉じていた。キスのタイミングは今かと思ったが、再度肉球で唇を押さえられる。

『旦那様、ハンカチで目隠しを』

「……そうだったな」

ハンカチを何回も折り曲げ、見えないようにするようヴィオレットから指導が入る。

ハイドランジアは寝台の上でハンカチを丁寧に折り曲げ、目元を覆った。

「これで、いいか？」

『ええ。問題ありませんわ』

しかし、この状態になると違う問題が生じる。ヴィオレットがどこにいるのか分からなくなってしまった。このままではキスができない。

「どうする？」

『し、仕方ありませんわ』

そのまま動くなと言われ、ピンと背筋を伸ばしたまま待機する。

ハイドランジアは膝に、僅《わず》かな重さを感じた。どうやら、ヴィオレットが膝に上ったようだ。

そして、ヴィオレットはハイドランジアの胸に前足を突き、そっと口付けする。

ふわふわの猫の口が、ハイドランジアの唇に寄せられた。

その瞬間、魔力の流れを感じる。視界が遮られているからか、余計に強く感じた。

カッと一瞬閃光《せんこう》を感じた。魔法陣が浮かび上がったのだろう。

同時に、確かな重みを感じる。ヴィオレットが人の姿に戻ったのだ。

猫の姿から人の姿へ戻り、一気に体重が重くなる。

ハイドランジアはヴィオレットを支えきれず、そのまま布団に押し倒されてしまった。

「きゃあ！」

むぎゅっと、ヴィオレットの柔らかな体が押しつけられた。

見てはいけない。きっと、触れてもいけない。

ヴィオレットの香りだけ、堪能することが許されていた。

それにしてもと思う。この状態は、拷問だと。

ヴィオレットはシーツに身を包み、寝室を去る。すぐにバーベナを呼んで、身支度を始めた。

ハイドランジアはヴィオレットの寝台に放置されていた。

出ていこうにも、隣の部屋では身支度が始まってしまった。バーベナを始めとする侍女が数名集まり、ああでもない、こうでもないとドレスを選んでいるようだ。

目隠しは取ったが身動きが取れず、ハイドランジアはヴィオレットの寝台の上で待機することしかできない。

隣の部屋での会話が、聞こえてくる。

「あら、奥様。また、胸回りが豊かになられましたね」

「ここの食事を毎日食べていたら、太ってしまいましたの」

「いえいえ、そんなことないですよ。ここが大きくて困ることなんて、滅多にないですから」

「そうですの？」

「ええ、旦那様もお喜びになるかと」

「なぜ、旦那様が？」

「いずれおわかりになると思います」

バーベナが変なことを吹き込んでいる。すぐさまやめさせたかったが、着替え中なので出ていくわけにはいかない。

ぐぬぬと、悔しい気持ちを押し殺す。

途中から、ヴィオレットの愛猫スノウワイトもやってきたようで、ドレスのリボンを追って遊び始めたようだ。話し声で、状況がわかってしまう。

「スノウワイト、リボンで遊んではいけませんわ」

『にゃう！』

実に楽しそうな光景が広がっているような気がした。しかし、そこに交ざることは許されていない。

そもそも、スノウワイトはいまだにハイドランジアへの警戒を解いていないのだ。

ゴロリと寝返りを打ったら、キラリと光る金色の糸を発見した。手に取ると、それはヴィオレットの髪だった。なんて美しいのか。ぼんやりと眺めていたら、突然声をかけられる。

『おい、何をしている、色ボケエルフ』

「――っ⁉」

ポメラニアンが転移魔法を使い、ヴィオレットの寝室に現れた。

「なっ、お前、何を⁉」

『それはこちらの台詞《せりふ》ぞよ。転移魔法でいつでも自室に戻れるのに、いつまで経っても戻ってこぬから』

「……」

そうだった。別に、ヴィオレットの部屋を通らずとも、転移魔法でいつでも私室に戻れたのだ。

ヴィオレットの甘い残り香をかいでいると、頭がぼーっとなってダメになる。病気だと思った。

「私のことはいい。お前は、何をしにきたのだ」

『いや、竜との接触について、再度確認をしたくてな』

「それについてだが、意志は変わらない。一度、竜と話をしてみたい」

『逆鱗《げきりん》に触れて、ヴィオレットが消えるかもしれないと言ったら？』

ぎゅっと拳を握り、覚悟を口にした。

「その時は、私のこの身と引き換えに、彼女を守る」

『ほう？　素晴らしい自己犠牲だ。だが、それは残された者のことをまったく考えておらぬ』

「私の遺産の三分の一は、妻ヴィオレットが相続できるようにしている。それだけあったら、不自由なく暮らせるだろう。もちろん、ノースポール伯爵家も引き続き支援するよう、書類も残している。王都の暮らしは煩わしいだろうから、地方にあるローダンセ公爵家のカントリーハウスで暮らしたらいい。再婚しても、遺産はそのまま持っていけるようにしている」

『お主は、そこまでしていたのだな』

「当たり前だ。それくらいしないと、契約結婚に旨《うま》みはないだろうが」

『しかしだ。言いたかったのはそういうことではない。その自己犠牲は、ヴィオレットの気持ちを考えていない、という意味だ』

「それは——」

この結婚は契約だ。ハイドランジアはともかくとして、ヴィオレットは情など生まれていないだろう。だから、問題はない。

「もちろん、タダで命を散らすことは考えていない。私が死んだら、とっておきの結界が展開されるようにしている。それは、ヴィオレットに悪意を持って近づく者を灰と化す、呪いのような結界だ」

『それは、すごいな。トリトマ・セシリアも、エゼール家の魔法使いも、木端微塵《みじん》だ』

「今すぐこの魔法を発動できればいいのだが、特大級の大魔法だ。命と引き換えでなければ、発動できん」

ポメラニアンはため息を一つ落とす。

『しかし、お前はまったく分かっておらぬ』

「何が、分かっていないというのだ？」

『それは、自分で気づかなければ意味のないことぞよ』

ポメラニアンはそれが何なのか、ヒントすらくれなかった。

「しかし今は、そのようなことなど考えている暇はない」

『……』

会話が途切れたところで、ヴィオレットの声が聞こえた。

「旦那様を呼んできますわ。旦那様！」

「あら、旦那様は、奥様の寝室にいらっしゃるのですか？」

「あら、言っていませんでした？」

寝室に潜伏していたことを、ヴィオレットに暴露されてしまった。

ハイドランジアはぎょっとして、近くにいたポメラニアンを抱きしめてしまう。

『おい、こら、何をする！』

「黙れ。使用人達がいる」

そうこうしているうちに、寝室の扉が開かれる。

ヴィオレットは紫色のドレスに身を包み、美しい出で立ちで現れた。

続けて、バーベナがやってくる。

寝台に座るハイドランジアを見て、目を丸くしていた。

「あの……旦那様、そこで何を？」

寝台の上ですることなど、そこまで多くはない。ハイドランジアはバーベナの問いかけに、低い声で答えた。

「ポメラニアンを、可愛がっていた！」

ハイドランジアはヴィオレットの残り香をかいでいたと悟られないよう、ぎゅっとポメラニアンを抱きしめる。

ポメラニアンは足をピンと張ってハイドランジアの胸を押し、必死に距離を取ろうとしていた。歯を剥き出し、全力で嫌がっている。

そんな二人を、バーベナが目を丸くしながら見ている。

「あらあら、旦那様、珍しいですね。そうやって、ポメラニアン様をお抱きになっているのは、初めて見た気がします」

「実を言うと、私達は、昔から大の仲良しなのだ」

そんなことはないと訴えるように、ポメラニアンは「うう～～！」と力強く唸っていた。よくよく耳を傾けたら、『殺す～～！』と言っていた。物騒な大精霊である。

「旦那様、その、言いにくいことなのですが、ポメラニアン様は嫌がっているように見えます」

「そんなことはない。私とポメラニアンは、心の友だ。ただ、まあ、こう抱いていると、毛がごっそり抜けるな。離そう」

床にポメラニアンを置くと、弾丸のように部屋から飛び出していった。ハイドランジアはすぐさま、ヴィオレットにあとを追うように頼む。

バーベナと二人きりとなり、ハイドランジアはこの場を取り繕うように呟《つぶや》く。

「あいつは……恥ずかしがり屋なのだな」

そういうことに、しておいた。

バーベナは呆《あき》れた表情で、ハイドランジアを見つめている。あれは、なんとなく状況を理解しているものの、口に出さないでいるような顔だ。さすが、元乳母である。育ての母には、ハイドランジアの行動などお見通しなのだ。

「それで、旦那様はそこで何を？」

ポメラニアンを可愛がっていたことは、理由にならないようだ。バーベナの追及は続く。

困り果てたハイドランジアは、奥の手を使うことにした。

「ここは私の家だ。私がどこにいて、何をしようが私の勝手だ」

「それはまあ、そうですね」

バーベナは納得してくれた。内心、ホッとする。

ハイドランジアはおもむろに立ち上がり、バーベナに言葉をかけた。

「私とヴィオレットは、今から出かけてくる。もしも、私だけ戻らなかった場合は、今後ヴィオレットのことは頼んだぞ」

「旦那様、それは――いいえ。私が訊《たず》ねていいことではないですね。かしこまりました。奥様のことは、お任せください」

バーベナと、見つめ合う。彼女は、物心ついたときからハイドランジアの傍にいた。母みたいな存在だった。

そんなバーベナに、感謝の気持ちを言葉にする。

「今まで、苦労をかけたな。おかげで、私はまともに育った」

「なんですか。最後の言葉みたいにおっしゃって」

「そうだな」

ハイドランジアはバーベナの肩を労《ねぎら》うように叩き、ヴィオレットの寝室から出る。

◇◇◇

ローダンセ公爵家の地下にある、儀式の間で竜の精神世界に入る準備が行われていた。

ヴィオレットは緊張の面持ちでいる。しっかりと、紅玉杖《ルビーロッド》を抱いていた。ハイドランジアも、不測の事態に備え、水晶杖《クリスタルロッド》を携えている。

ポメラニアンは先ほどから、結界を作っていた。

魔法陣の中心にいるのは、幻獣スノウワイト。

幻獣の魔力を結界の要《かなめ》にしているようだ。ヴィオレットに大人しく座るよう命じられているので、微塵たりとも動かない。

「それにしても、スノウワイト、大きくなったな」

「ええ。毎日果物をたくさん食べて、すくすく成長していますわ」

最終的には、馬と同等かそれ以上の大きさまで成長する。

それにしても、猫は大きくても小さくても可愛らしい。世界でもっとも可愛い生き物だと、ハイドランジアは心の中で絶賛する。

否――その考えはすぐさま修正された。

「旦那様、何を考えていますの」

首を絶妙な角度にしながら、ヴィオレットが問いかけてくる。

話をしている間も、ハイドランジアが贈った紅玉杖《ルビーロッド》を大事そうに胸に抱いていた。

世界でもっとも可愛いのは、ヴィオレットだ。猫はその次である。揺るぎない順位だと、ハイドランジアは満足げに頷いていた。

「その頷きはなんですの？　質問の答えになっていませんわ」

『その男は、今晩の夕食について考えておるのだ。腹減り男のことは、放っておけ』

「まあ、そうでしたのね」

ポメラニアンが微妙な助け船を出してくれた。夕食について考えていると聞いたヴィオレットは、小さな鞄《かばん》に入れていた飴玉《あめだま》を取り出す。

「旦那様、お腹《なか》が空いた時は、こちらをどうぞ。チョコレートのほうがいいですか？」

「いや……ありがとう」

飴を受け取り、懐にしまった。

ポメラニアンをジロリと睨んだが、「ザマーミロ」とばかりに舌を出している。

ヴィオレットとスノウワイトがいなかったら、取っ組み合いの喧嘩《けんか》になっていただろう。

『準備ができた。ヴィオレット、お前も魔法陣の中心に横たわれ』

「ええ、わかりましたわ」

ヴィオレットはスノウワイトを枕にする形で、魔法陣の上に横たわる。

ポメラニアンが呪文《じゅもん》を唱えると、一瞬で深い眠りに落ちたようだ。

精神世界に介入する術式は、すぐさま完成した。

『おい、準備はいいか？』

「むろんだ」

ハイドランジアは水晶杖《クリスタルロッド》を手にしたまま、片膝をつく。そして、ポメラニアンが詠唱を始めると、すぐさま意識が遠のいていった。

◇◇◇

――そこは、黒一色の森だった。地面も、木々も、空さえも黒い。

真っ黒なのに、不思議と視界は鮮明だ。暗闇《くらやみ》とは違う暗さなのだろう。

ここが、ヴィオレットの中に存在する竜の精神世界だった。

「う、ううん……」

すぐ傍で、声が聞こえた。幼い少女のものだった。ハイドランジアはぎょっとする。横たわっていたのは、幼少期のヴィオレットだった。

『お、おい。大丈夫か⁉』

「んっ……旦那様？」

『そうだ、私だ』

喋っているうちに、ハイドランジアは違和感を覚える。声が、おかしい。妙な感じに響いているのだ。喉《のど》に手を当てようとしたら、自らの手に驚く。それは、丸みを帯びた猫の手だった。

起き上がったヴィオレットは、ハイドランジアのほうを見て瞠目している。

「あの、だ、旦那様⁉」

『なんだ？』

「ね、猫ちゃんに、なっていますわ！」

お前は幼い少女になっているがな。と、返す余裕はなかった。

「旦那様、とっても可愛らしいですわ！」

可愛らしくなっているのはお前のほうだと言おうとしたら、ヴィオレットは突然ハイドランジアを撫で始める。

「まあ、なんて毛並みがいいのでしょう！　現実の旦那様も、髪の毛はツヤツヤなので、きっと手触りがいいのでしょうね」

ヴィオレットの触れ方は優しい。撫でられていると、意識がぼーっとなる。

しだいにうつらうつらしてきたが、抱き上げられてハッとなった。

ヴィオレットはハイドランジアに頬擦りしながら、ポツリと呟く。

「最近、スノウワイトをこのように抱き上げて、ぎゅっとできていなかったのです」

『こ、子馬同様のデカさだからな』

「それはそうと、わたくしの声、少々高くありません？」

『お前は今、子どもの姿になっている』

「え⁉」

ヴィオレットはハイドランジアを膝の上に置き、自らの手を見る。そのあと、自身の頬や肩にペタペタと触れていた。

「ほ、本当ですわ。わたくし、縮んでおります」

『ようやく気づいたのか』

さらに何かに気づいたようで、ハッとしていた。そして、再度ハイドランジアを抱き上げる。

「だ、旦那様は、猫ちゃんでしたの⁉」

『……？　今は、見ての通り猫だが』

「違いますわ。幼いわたくしの記憶にあった、猫ちゃんかと聞いているのです」

『それは――』

確かに、ハイドランジアは時空転移して幼いヴィオレットと接触したことがある。そのさい、正体を隠すため猫だと名乗ったのだ。

ただ、時空転移したハイドランジアに実体はなく、トリトマ・セシリアに襲われたヴィオレットを助けることはできなかった。苦い記憶である。

「今、思い出しましたわ。あの時の猫ちゃんは、姿は見えなかったのですが、ぶっきらぼうだけど、優しい旦那様の声でした」

ヴィオレットは目線の位置までハイドランジアを持ち上げ、まっすぐ問いかける。

「あの時の猫ちゃんは、旦那様で間違いありませんよね？」

『……まあ』

「ああ、なんてことですの！」

ヴィオレットはハイドランジアを、ぎゅっと胸に抱く。

「わたくし、猫ちゃんにずっと、会いたかったのです」

『なぜだ？』

「お礼を、言いたくって」

当時のヴィオレットは孤独だった。父は忙しく、兄は寄宿学校に行っていたので屋敷におらず、母は物心ついた時にはすでにいなかった。

外出は禁じられ、友達は書庫にある魔法書のみ。

魔法にのめり込んでいるように見える幼いヴィオレットを、使用人達は奇異の目で見ていた。

「誰も、わたくしのことなんて気にしない。友達なんて、一生できないと思っていました。そんな中、あなたが、猫ちゃんが来てくれて……嬉しかった」

『ヴィオレット……』

「あの時、約束をしましたよね？」

『約束？』

「わたくしを、愛称で呼ぶように、と」

『……』

ヴィオレットが家族にだけ許していた愛称――ヴィー。

ハイドランジアはヴィオレットから顔を背ける。あれは、姿が見えていなかったから言えたのだ。今、こうして向き合った姿で言うのはとても恥ずかしい。

「旦那様、わたくしを愛称で呼ぶのは、嫌？」

『嫌では、ない』

「本当ですの？」

『ああ。まったく、これっぽっちも嫌だとは思っていない』

「でしたら、これからわたくしを、ヴィーと呼んでください！」

『……』

「旦那様！」

『…………』

「旦那様、やっぱり、嫌ですの？」

『ち、違うッ』

大人になったヴィオレットに向かってヴィーと口にしようとしたら、酷く気恥ずかしい気持ちになってしまう。

息を大きく吸い込んで、はく。腹を括って、ヴィオレットを愛称で呼んだ。

『……………ヴィー』

「はい！」

ヴィオレットは実に嬉しそうに、返事をした。

死ぬほど恥ずかしいが、これでよかったのだろう。ヴィオレットは弾けるような笑顔を浮かべている。

「あの……旦那様のことは、これからお名前でお呼びしてもよろしいですか？」

『別に、構わないが』

父親が亡くなった今、誰も呼ばない名前となっている。もう何年も、呼びかけられていない。ポメラニアンや国王が名を口にしていたような気もするが、ノーカウントだ。

「では、ハイドランジア様、とお呼びしますね」

『……』

尻尾がピンと立ち、毛がぶわりと逆立つのが、自分でも分かった。

ヴィオレットがハイドランジアの名を口にした。それは、大事件である。

魔法使いにとって、名前は重要なものだ。力ある相手に名を呼ばれると、魔力が震える。

今、ハイドランジアはそれを実感していた。

『うっ……』

「大丈夫ですの!?」

『……』

「ハイドランジア様!?」

言えない。

名前を呼ばれて、興奮してしまったなどとは。

こんなことなど、初めてだった。

骨抜きにされるという感覚を、ハイドランジアは初めて知った。

「こんなにくたくたになって、猫の姿を維持するのが、苦しいのですね」

ヴィオレットはハイドランジアをさらに抱きしめ、背中を優しく撫でる。

心地よいけれど、苦しい。異なる二つの感情に、ハイドランジアは苦しめられる。

『ううう………!』

「ハイドランジア様、お可哀想《かわいそう》に!」

ヴィオレットが懸命に抱きしめ、名前を呼ぶほど症状が悪化している。

このままではいけない。

酩酊《めいてい》状態のようになったハイドランジアは、身をよじってヴィオレットの胸から脱出する。

千鳥足のハイドランジアを見たヴィオレットは、眦《まなじり》に涙を浮かべていた。

「ああ、ハイドランジア様……!」

『すまない。少ししたら、よくなる。そこで、大人しく――』

「分かりましたわ！」

ヴィオレットは身を屈《かが》め、猫の姿のハイドランジアと視線を同じくした。

『な、何が、分かったのだ？』

「わたくしとキスをすれば、ハイドランジア様はもとのお姿に戻れるはず！」

ヴィオレットが止《とど》めを刺しにきた――ハイドランジアは瞬時に悟った。

少女の姿をしたヴィオレットは、愛らしい姿でキスをすればいいと発言。

ハイドランジアの全身の毛が逆立ち、後方に二、三と跳んで距離を取った。

「あの、ハイドランジア様……わたくしとキスをするのは、嫌ですの？」

『そんなことはない！　絶対ない！』

ヴィオレットとキスなんぞ、したいに決まっている！　などと、ストレートに言うのはさすがに自重した。

ハイドランジアはちらりとヴィオレットを見る。幼い姿でキスをするのは、重い罪のような気がするのだ。

それ以前にも問題があることに気づく。

『我が妻ヴィオレットよ』

「ハイドランジア様、ヴィー、ですわ」

『我が妻、ヴ、ヴィー』

まだ、ヴィーと呼ぶのは照れてしまう。名前を呼ばれるのも、慣れていない。しかし今は、恥ずかしがっている場合ではなかった。

「それで、なんですの？」

『今、キスをするのには、問題がある』

「問題、とは？」

『人の姿に戻った私は、おそらく裸だろう』

ヴィオレットはパチパチとゆっくり瞬いたあと、言葉の意味を理解したようだ。

「そうでしたわ！」

幼女と行動を共にする、全裸の成人男性。確実に、変態である。

『せっかくの申し出だが――』

「ええ、やめたほうがいいでしょう」

納得してくれて、ホッとした。しかし、想定外の事態となる。

ヴィオレットはハイドランジアに急接近し、抱き上げる。

そして、とろけるような笑顔を浮かべると、額にキスをしてきた。

ぶわりと、全身の毛が逆立つ。

『な、何を!?』

「だって、猫のハイドランジア様、とっても愛らしいんですもの」

『……』

子どもの姿に精神も引っ張られているのだろうか。いつもより、積極的だ。

最終的に、胸の中にぎゅっと抱きしめられてしまった。

『わ、私は、ぬいぐるみではないぞ』

「ぬいぐるみより、ふわふわで可愛らしいですわ」

ヴィオレットがそう言った瞬間、すぐ近くに雷が落ちた。

ハイドランジアは咄嗟《とっさ》に、結界を展開させる。

『あ、危ない……！』

「ハイドランジア様、猫の姿でも魔法を使えますのね」

『そういえば、そうだな』

よかったと、心から思う。

雷が落ちた場所には、大きな穴が開いていた。

「もしかして竜が、わたくし達に攻撃をしたのでしょうか？」

竜の精神世界でイチャイチャするな、というツッコミのようにも思えた。

なかなかの、鋭い一撃である。

『先を、急ごう』

「ええ」

ハイドランジアはヴィオレットの腕の中から跳び下り、暗い森の中に入る。

竜の精神世界には、魔物がいた。まるで森の奥に入るなと言わんばかりに、次々と襲いかかってくる。トカゲの形をした、黒い影のような魔物だ。

ハイドランジアは魔法で一掃するが、次から次へと出てくる。

ここで、ヴィオレットが想定外の活躍を見せた。

「業火の射的は釁撃《きんげき》より現れ、我が身に害なす敵を貫く――」

ヴィオレットの高い少女の声が、呪文を紡ぐ。そして、手に持っていた紅玉杖《ルビーロッド》を振り上げ、魔法を完成させる。

「光よ熱となれ、炎の矢《フレアアロウ》！」

魔法の炎が矢を作り出し、敵へと放たれる。矢羽から鏃《やじり》まで炎で構成された矢は、トカゲの額を射《う》ち貫き、たちまち全身を炎上させる。

ヴィオレットの護身用にと教えていた魔法は、魔物に大打撃を与えていた。

もしも、魔力が安定していなかったり、魔法の制御が上手《うま》くいかなかったりしたらサポートするつもりだったが、必要ないようだった。

ハイドランジアより魔力量が多いヴィオレットは、次々と魔法で魔物を倒していく。

とても、初めての戦闘には見えなかった。

「ハイドランジア様、大丈夫ですの？」

『まあ、な』

ヴィオレットはハイドランジアを守っているつもりらしい。しかし、魔物討伐数は彼女のほうが多いことから、そのようになってしまうのも仕方がない話となる。

猫の姿では、思うように印が結べず、杖《つえ》も持てないので魔法の撃てる回数が制限されてしまうのだ。

森はどんどん暗くなり、道も狭《せば》まっていく。

棘《とげ》のある蔦《つた》が木に巻き付いており、他人を拒絶する深層心理が見て取れた。

だんだんと棘が鋭くなる。ナイフのような鋭利な棘だった。次第に棘が通路側まで延び、行く手を阻むようになる。

ハイドランジアは魔法で棘を断ちつつ、先へと向かう。

「どうして、このようなことを……」

『誰も近づくな、という伝言なのだろう』

そして、森の最深部に辿《たど》り着く。竜は、水晶の中に閉じ込められていた。

金の鱗を持つ、美しい竜だった。

そこまで大きくはない。尾まで入れて、一米突《メトル》くらいか。

「これは、いったい――」

「ポメラニアンの封印だろう。竜の意識は、魔法によって抑えられている。触れたらきっと話ができるはずだ」

さて、どうするか。そう考えている間にヴィオレットが水晶へ近づき、手で触れてしまった。

触った瞬間、バチンと雷が生じる。

『ヴィー!』

「きゃあ!」

嫌な予感がしていたので、あらかじめヴィオレットに目には見えない魔法の盾を作っておいた。それが発動し、ヴィオレットは無傷だった。

『ヴィー、何をしているのだ!』

「さ、寂しそうに思えて、つい……」

『寂しい?』

水晶に閉じ込められた竜を見る。

ただ、目を閉じ、意識がないようにしか見えない。竜の力をその身に宿したヴィオレットだからこそ分かることなのか。

ヴィオレットは竜の力に慄《おのの》いているのか、微かに震えていた。こういう時、抱きしめられない猫の体なのがはがゆい。

励ますように身を寄せると、ヴィオレットはハイドランジアを持ち上げる。そして、ぬいぐるみのようにぎゅっと抱きしめた。

ヴィオレットはホッと息をはいていた。どうやら、落ち着きを取り戻したようだ。

猫の体でも、励ますことは可能らしい。

と、ここでハイドランジアの中にある魔力がざわつく。それは、ヴィオレットも同様だった。

大きな力に、体内の魔力が活性化されている。

その原因は、水晶の中に閉じ込められた竜だろう。

竜の閉ざされた目が、カッと開く。同時に、水晶に罅《ヒビ》が入った。竜は目つきをキッと鋭くさせる。

すると、封印の礎《いしずえ》となっていた水晶に亀裂《きれつ》が入り、散り散りとなった。

ハイドランジアは強力な結界を作る。飛んできた水晶の欠片《かけら》は、氷柱のように鋭く結界に突き刺さった。

ハイドランジアは出しうる限りの魔力で、対抗する。

『ぐうっ！』

「ハイドランジア様！」

さすが、竜の力だ。ハイドランジアは思う。

これまで無敵の結界だと思っていたものが、いとも簡単に崩れようとしていた。

しかし、貫き通させるわけにはいかない。ハイドランジアの背後には、ヴィオレットがいるのだ。

父親《シラン》が命を懸けて守ろうとした娘を、ここで死なせるわけにはいかない。ヴィオレットは、絶対に幸せになるべき存在なのだ。

ハイドランジアは歯を食いしばり、罅が入りかけている結界をさらに強化させる。

厚く、厚く、厚く……どのような攻撃からでも、守れるように。

集中力を高め、魔力を結界に注ぎ込んだ。

しかし――。

「――ッ!!」
二、三回咳《せ》き込んだ。地面にポタリ、ポタリと赤い斑点《はんてん》が浮かび上がる。
それは、ハイドランジアの血だった。

猫の姿だからか、いつもより魔法の威力が落ちているのだろう。

「ハイドランジア様!!」

ヴィオレットは、ハイドランジアの小さな猫の体を抱きしめる。結界の展開中ゆえ、魔力同士が反発して弾けた。

バチンと、火花が大きく散る。

ヴィオレットは痛みを感じているはずなのに、離そうとしない。

『ヴ、ヴィー、は、離れるんだ』

「嫌ですわ！」

『頼む……』

魔力が、体が、思うように動かない。もはや、神頼みをするしかなかった。どうか、ヴィオレットを守ってくれ、と。

『ヴィー、早く、ここから、離れ……』

最後の力を振り絞って語りかけるが、喉が詰まって咳き込む。血を吐いた。

「ハイドランジア様!!」

ここで、ヴィオレットが思いがけないことを聞いてきた。

「ハイドランジア様、人の姿であれば、全力で魔法を使えますよね!?」

そのことについて、すっかり失念していた。そうとは悟られないように、言葉を返す。

『そ、そうだが』

だが一点、大変な問題があった。

人の姿となれば、もれなく全裸となる。しかし、今はそんなことを言っている場合ではなかった。

「でしたら、もとの姿にお戻しいたしますわ！」

ヴィオレットはそう言って、ハイドランジアにキスした。

サクランボのように愛らしい唇が、重ねられる。体内の魔力が、カッと燃えるように熱くなった。

魔法陣が浮かび上がり、光に包まれた。そして——ヴィオレットは猫の姿となり、ハイドランジアは人の姿へと戻る。

一糸纏わぬ、開放的な姿となった。

だが、人は皆、生まれたときは服など着ていない。もしかしたら、全裸は人としての正装なのでは

ないか。

と、そんなふうに開き直る。そうしていないと、自我を保てない状況だった。

手の中に、水晶杖《クリスタルロッド》が在るのを感じた。ハイドランジアは杖を握りしめ、結界を一気に強化させる。

全裸だが、気にしている場合ではない。今は、ヴィオレットを守らなければならなかった。

『ハイドランジア様、どうか負けないで、頑張ってくださいまし！』

背後で、ヴィオレットが応援してくれている。

生尻《なまじり》を晒《さら》す夫を、頑張れと奮い立たせてくれるのだ。

この瞬間、もはや自身の恰好《かっこう》などどうでもよくなった。今のハイドランジアは、何も怖くなかった。

片膝をついた姿で、魔法を展開させる。

ハイドランジアの結界は水晶を弾き飛ばし、さらに、魔法の糸で竜を捕獲する。

竜は激しく抵抗する。眦から、血の涙を流していた。高い声で鳴く声は、慟哭《どうこく》のように聞こえた。

竜が鳴くたびに、地面がビリビリと震える。鼓膜が破れそうだと思うほど、耳に響いていた。

「うっ！」

『ハイドランジア様、大丈夫です⁉』

「大丈夫……だが」

全裸なので、あまり近づかないでほしい。ハイドランジアは切に思う。猫化したヴィオレットは気にすることなく、どんどん接近していた。

『わたくし、竜と話をしてきますわ』

「対話できる状態には見えんが」

『それでも、このままというわけにはまいりません』

ヴィオレットはハイドランジアの前に立ち、竜に言葉を投げかける。

『ごきげんよう。わたくしは、ヴィオレットですわ。あなたは？』

真面目《まじめ》に、自己紹介から入るらしい。思わず笑いそうになったが、奥歯を噛《か》みしめて耐えた。

竜はキイキイと高く鳴くばかりだ。ヴィオレットの声など届いていない。

『わたくしは、あなたの寂しさの正体を、知りたいと思っていますの』

これには、反応を示す。竜はヴィオレットをじっと見つめる。

『これから先、わたくしは、あなたの心を守るよう努めます。だから、心を開いてくださいませんか？』

『……』

竜はただただ、ヴィオレットを見つめていた。

向けられた目からは、感情を読み取れない。

『お願いいたします』

『…………勝手ダ』

『え？』

『ニンゲンハ、勝手ナ、生キ物ダ』

『それは……』

否定できないのだろう。ヴィオレットは俯《うつむ》き、言葉を失っている。

ハイドランジアは竜の言葉に同意を示した。

「人は確かに勝手だ。しかし、かつての私もそうだった」

次々舞い込んでくる見合いを鬱陶《うっとう》しく思い、ヴィオレットと結婚した。

「私は、ヴィオレットとイヤイヤ結婚をした。しかし今は――」

ヴィオレットは、不安そうにハイドランジアを見上げている。

頭を優しく撫で、竜へ思いの丈《たけ》を話した。

「妻を、心から愛している」

人は変わることができる。それを、実際に目で見て、確かめてほしい。

ハイドランジアはそんなことを竜へ語りかけた。

『あの、わたくしと、一緒にまいりませんか？　あなたのことは、生涯守りますので』

『――ッ！』

竜の目つきが変わる。血の涙は止まり、ポロポロと水晶のような美しい涙が流れてきた。

ヴィオレットの優しさを受けて、憎しみが浄化されたのだろうか。もう、攻撃してくるような獰猛《どうもう》な気配はない。

ハイドランジアは結界を解き、ヴィオレットはゆっくりとした足取りで竜に近づく。

『いきなり信じろというのは、難しいかもしれません。だからわたくしと、血の契約を、いたしましょう』

血の契約とは幻獣種に己の血を飲ませることによって、相手を裏切ることができないようにする呪いだ。

ヴィオレットは竜に、どうかと提案する。

竜はじっと、ヴィオレットを見つめるばかりだ。

ヴィオレットは肉球を噛み、血を滲ませる。それを、竜に差し出した。竜は一瞬、戸惑いの表情を見せる。

『約束します。絶対に、幸せにすると！』

ヴィオレットは凛《りん》としながら、竜に契約を持ちかけているようだ。

竜の瞳が、ハッと見開かれる。

『さあ、わたくしと、一緒に生きるのです』

その言葉が引き金になったようで、竜は首を伸ばし、ヴィオレットの血を舐《な》めた。

魔法陣が浮かび上がり、眩《まぶ》しく発光する。契約は、結ばれたようだ。

ヴィオレットは竜の鱗に触れ、頬をすり寄せていた。

その瞬間、白い光に包まれる。あまりの眩《まばゆ》さに、ハイドランジアは目を閉じた。

「くっ……！」

『な、なんですの!?』

光が収まると、ヴィオレットの目の前に大きな白い卵があった。竜は、ヴィオレットとハイドランジアに身を任せると決めたようだ。

『ハイドランジア様、卵を持って帰りましょう』

ヴィオレットは卵を肉球でペタペタと触れながら、運ぶように要求する。

全裸状態のハイドランジアはため息を一つ落とし、近くにあった少女のヴィオレットが着ていたブラウスを腰に巻く。

そして、卵とヴィオレットを持ち上げると、足元に魔法陣が浮かんだ。

ポメラニアンの転移魔法である。

ハイドランジアとヴィオレットは、卵と共に現実世界へと戻った。


ハイドランジアとヴィオレットは、ポメラニアンの力によって戻ってくる。

精神世界に入る前は、魔法陣の上に寝転がっていた。しかし今は、転移魔法で戻ってきた時のような状態でいる。姿も、精神世界の中と同じ状態でいた。

ヴィオレットは猫の姿で、ハイドランジアは腰にブラウスを巻いただけの姿だ。

『まるで、変態だな』

ポメラニアンのその一言で、ハイドランジアの意識ははっきり覚醒した。

「ぐうっ……！」

魔法の影響か、頭痛がする。けれど、ポメラニアンが後頭部をぽんぽんと叩くと、綺麗さっぱり治った。回復魔法を施してくれたのだろう。

ハイドランジアは左手にヴィオレットを、右手に水晶杖《クリスタルロッド》を、そして脇《わき》には竜の卵を抱えていた。

地下にある魔法陣の上に、再び寝転がった状態でいた。

無事、戻ってこられたので、ホッと安堵の息をはく。

視界の端に、白いもふもふが見えた。スノウワイトである。

起き上がると、寝転がっていたスノウワイトが顔を上げる。ヴィオレットを見て、顔をすり寄せてきた。

『ス、スノウワイト、そんなに大きな体ですり寄ってきて……こ、困りますわ。毛の中で、溺《おぼ》れそう……！』

スノウワイトのもふもふの毛並みの中で、ヴィオレットは水の中でもがくように手足をパタパタ動かしていた。

ヴィオレットにすり寄るスノウワイトだが、彼女を抱えるハイドランジアにももふもふの恩恵があった。白い毛並みは、驚くほどなめらかで触り心地は極上だ。

ヴィオレットが苦しそうにしていたので、スノウワイトが届かない位置まで上げる。すると、ハイドランジアに一瞬恨みがましい視線を投げて下がっていく。一言、『がるっ！』と唸ったら、ヴィオレットに『こらっ！』と怒られてしょんぼりしていた。

スノウワイトはヴィオレットの無事を確認すると、地下部屋から出ていった。

距離を取っていたポメラニアンが接近し、尊大な様子で話しかける。

『おい、全裸エルフよ』

「なんだ、その呼び方は」

『間違いないだろうが』

ポメラニアンはクッションを用意していたようで、それを前足で差し出す。

ハイドランジアは胸に抱いていたヴィオレットを、優しく丁寧にクッションの上に下ろした。

『おい、全裸。そこに置くのは嫁ではない。脇に抱えている竜の卵だ』

『そうですわ。ハイドランジア様、わたくしを下ろすのは、床の上でかまいません』

ふかふかのクッションの上にいる猫のヴィオレットは震えるほど可愛かったが、すぐに上から退いてしまう。

ハイドランジアはため息を一つ落とし、竜の卵をクッションに置いた。

『これが……竜の卵か』

「ポメラニアンよ。今、どのような状態か分かるか？」

『そうだな』

ポメラニアンは前足の肉球で竜の卵を押し、耳を寄せる。その様子は、医者が聴診器を当てて診察いるようだった。

『ふむ。心臓の音は聞こえる。いつ生まれるかは分からんが、生きていることは確かだろう』

「そうか」

真剣に話をしていたが、ここで思いがけない問題が発生する。

ポメラニアンとヴィオレットは、同時にギョッとしたのだ。

『おい、ハイドランジア!!』

「ハイドランジア様!!」

ポメラニアンとヴィオレットは、ハイドランジアの背後を見て瞠目していた。

何かと思い、ハイドランジアは振り返る。

そこにいたのは――大きな白い猫、スノウワイト。

出ていったはずなのに、いつの間にか戻ってきていたようだ。

何を思ったのか、スノウワイトはハイドランジアの腰に巻き付けてあるブラウスに噛みつき、引っ張ろうとしていた。

「なっ!?」

スノウワイトは恨み言を言うように、『ぐううううう！』と低い声で唸る。

「な、なぜ、引っ張る!?」

『お前が、嫁の匂いがする服を身につけているのが、面白くないのだろう』

『こら！　スノウワイト！　ブラウスを引くのはおやめなさいな！』

スノウワイトは興奮状態で、ヴィオレットの声も届いていない。

ハイドランジアもブラウスを取られまいと握っていたが、幻獣の力に人が勝てるわけがなかった。

スノウワイトがブラウスを強く引いたのと同時に、ハイドランジアは対策に出る。

高速詠唱を行い、転移魔法を展開させた。

ブラウスを取られた瞬間、ハイドランジアの体は転移する。

「危なかった……！」

ハイドランジアは全裸で、私室に降り立った。床に膝をつき、ゼエハアと肩で息をする。

世話妖精が、命じる前に服を持ってきてくれる。シャツに腕を通しながら、ふと思う。

なぜ、竜の精神世界で猫になってしまったのか。

(――それは嫁が、幼少期に出会った猫がお主であってほしいと願っていたからだ)

(願望が、魔法となって私を変化させたのか？)

(まあ、そうだな)

「なるほど――って、ポメラニアン!!」

直接脳内に話しかけてくる声に、ハイドランジアは反応する。

振り返ると、ポメラニアンがいた。

「お前は……！」

『いいから服を着ろ。見苦しいぞ』

「お前なんぞ、年がら年中全裸ではないか」

『毛皮という美しくとも繊細で、完成されたこれ以上なき服を着ているではないか』

「ああ言えばこう言う！」

『お主もな！』

さらに言い返そうとしたら、くしゃみが出てしまった。早く、服を着なければ。

世話妖精の力を借り、身支度を整えた。

『それにしても、お主ら、上手くやりおったな』

「まあな」

ヴィオレットの誠実さと、血の契約が効いたのだろう。

竜を仲間に引き入れることに成功した。もう、ヴィオレットの体が乗っ取られる心配をしなくてもいいだろう。

『それから、お主の愛の告白もよかったぞ』

ポメラニアンに言われて、ハイドランジアは思い出す。

そういえば、そんなことも言っていた。

今振り返ると、とんでもなく恥ずかしいことだ。なぜ、あの場では臆面《おくめん》もなく言えたのか。じわじわと、顔が熱くなっていくのを感じた。

『これから、どうするのだ？』

「トリトマ・セシリアを始めとする、古代の転生者に好き勝手はさせない」

スノウワイトももうすぐ成獣となるだろう。さすれば、戦力に数えてもいい。

ヴィオレット自身も、実戦で戦えるような度胸と立ち回りを確認できた。

あとは、竜と分離したことによって、どう変化しているのか。

『戻ってきた嫁は、猫化していたが――』

「そうだな。竜と分離しても、大きく変化しているようには見えなかった」

確認する必要がある。ハイドランジアは執事を呼び、ヴィオレットを部屋に連れてくるよう命じた。

猫の姿でやってきたヴィオレットは、スノウワイトを伴ってやってきた。竜の卵はスノウワイトの背中に、紐《ひも》で巻き付けられている。

竜の卵は、半分以上スノウワイトの毛並みに埋もれている状態だった。温かそうではある。

「……何をしているのだ？」

『卵を温めるように、お願いしていますの』

果たして、幻獣のぬくもりで卵が孵化《ふか》するのか。謎である。

『ちなみに卵を温めるのは、家族全員で行う予定ですわ』

ヴィオレットがキリッとした表情で宣言する。

「まさか、私もするのか？」

『さすがハイドランジア様！　話が早いです』

「……」

竜の卵など、今まで温めたことがない。ちなみに卵は、拳二つ分ほどの大きさだ。困ったハイドランジアは、ちらりとバーベナを見る。

「旦那様、こちらの布に卵を包んで、温めたらいいですよ」

バーベナは細長い布を広げ、竜の卵と同じ大きさの石を包んで見せた。布の左右を縛ったら、持ち運べるような形態となる。

「持ち運び方は分かったが、どう温めたらいい？」

「体温が温かい場所がよろしいかと」

「たとえば、どの部位の体温が高いのだ？」

「そうですね。腋《わき》の下とかで、温めてみたらどうですか？」

「腋……」

竜の卵を腋で温める自らの姿を想像する。とても、奇妙に思えた。

「腋以外はダメなのか？」

「あとはお腹に腹巻きを巻いて、入れておくとか」

「腹……」

竜の卵を腹に巻いた自身の様子を思い浮かべる。たまに、慈しむように卵を撫でるのも忘れない。

冷静に考えたら、摩訶不思議な状態だった。

『ハイドランジア様、嫌ですの？』

「いいや、嫌ではない。どうやって温めようか、真剣に考えていただけで」

『よかったですわ』

ホッとした表情を見せたヴィオレットは、バーベナに目配せする。すると、バーベナは一枚の紙を執務机の上に置いた。

「なんだ、これは？」

『卵の温め当番表ですわ』

どうやら、半日ごとに交代するらしい。よくよく見たら、ハイドランジアの当番は勤務中の日もあった。

「ヴィー、この日は、仕事なのだが」

『卵同伴でお仕事はできませんの？』

「同伴……」

竜の卵と共に仕事をする自らを想像してみた。端のほうで笑いをこらえる部下《クインス》の姿が、ふっと思い浮かんできた。

『ハイドランジア様。この卵は、わたくし達にとって第二子ですわ』

「だ、第二子……！」

ちなみに、第一子は幻獣スノウワイトだ。このまま竜が生まれたら、第二子も幻獣となる。

ヴィオレットと並び、赤子を抱くように卵を慈しむ様子を想像してみる。

悪くない。むしろ、最高だと思った。

『家族みんなで、育てましょう』

「家族……！」

ヴィオレットの言葉は、ハイドランジアの心に深く響いた。

「分かった。竜の卵は、常に肌身離さず持っておこう」

『ハイドランジア様、ありがとうございます』

ヴィオレットは軽やかなステップでハイドランジアの執務机へ跳び乗ったあと、膝の上に着地する。

そして、すりすりと頬擦りした。

『子どもを大事に想《おも》っていただけるなんて、嬉しいですわ』

「うっ……わ、私も、嬉しい……！」

夫婦は子どもができた喜びを、抱擁と共に実感していた。

「そういえば、卵当番はポメラニアンが担当する日もあるのだな」

『む、なんぞ？』

『だって、ポメラニアンも家族ですもの』

ポメラニアンは拒絶するかと思いきや、まんざらでもない様子だった。

「ふむ。私が父で、ヴィーが母、スノウワイトが長女。ポメラニアンはさしずめ、爺枠《じじい》か……」

『ハイドランジアよ、何か言ったか？』

「いや、なんでもない」

こうして、卵は家族みんなで温めることとなった。

話が終わったと察したスノウワイトは、部屋の隅に移動し丸くなる。

ここからは家族団らんの時間だ。バーベナは下がるように命じた。

ハイドランジアはヴィオレットを抱き上げ、視線を合わせながら話しかける。

「そういえば、竜の意識と分離したが、何か変化はあったか？」

『いいえ、特に何か変わったという感じはありませんわ。この通り、猫化は続いておりますし』

「そうだな。魔力値を調べてもいいか？」

『ええ、構いませんわ』

以前は面倒な方法を用いて調べたが、今回はシンプルな方法を採る。

額と額を合わせ、ヴィオレットの魔力の波動を感じ取る。

「これは――！」

『どうかしましたの？』

「以前と、魔力量は変わらない」

『そう、でしたか。前世の意識が竜の卵となっても、わたくしが竜の転生体であることに変わりはないと』

「みたいだな」

ヴィオレットの内なる魔力は、彼女を守るものとなるだろう。その点は、安堵した。

『ハイドランジア様にキスしていただかなければ戻れない体は不便ですが』

「確かに、不便だな」

『ええ……。でも、嫌というわけではありませんので』

だったら、キスを――。そう思ったのと同時に、ヴィオレットがポツリと呟いた。

『自分の意思で戻れたら、猫に変化できるのも快適なのですが。たとえば、にゃあ！　と鳴いただけで人と猫に変身できたら――』

急に、ヴィオレットの前にいつもの魔法陣が浮かび上がる。猫の姿はぼやけ、瞬く間に女性のシルエットとなった。

ヴィオレットは急に、人の姿に戻る。言わずもがな、一糸纏わずの姿となった。

「な、なんでですの!?」

「げ、原因究明の前に、服を」

「ええ――って、きゃあ！」

ヴィオレットはハイドランジアの目と口を塞《ふさ》いだ。

今度は息ができるように、鼻は開けている。

「も、もごもご、もご……！」

「な、なんですの？」

「もご、もごご……」

口が塞がれているので、上手く喋ることができない。残念ながら、鼻の穴から声を出す技術は会得していなかった。

息はできるので絶体絶命ではないが、近くに裸のヴィオレットがいるというのは精神的によくない。

自由な両手は、わなわなと震えていた。

ここで、救世主が現れる。ポメラニアンだった。

『嫁よ、口を塞いでいては、話せぬだろう』

「そ、そうでしたわ」

ヴィオレットは塞いでいた手を一つ外した。

混乱状態だったので、間違って目のほうを外してしまう。

「もがっ!?」

ヴィオレットのあられもない姿を見てしまったハイドランジアは、大量の血を噴きだす。

……もちろん、鼻から。

「だ、大丈夫ですの？　ハイドランジア様！」

「ううう……！」

そんなことよりも、ヴィオレットに服を着せることが先だ。ハイドランジアは鼻を押さえつつ上着を脱いでヴィオレットの肩にかけ、続いてバーベナを呼んだ。

「まあ、だ、旦那様、どうしたのですか!?」

鼻血を噴いているハイドランジアを見て、バーベナはギョッとする。

「わ、私は、どうでもよい。ヴィーに、服を着せてやってくれ」

「おやおや、奥様！　部屋で、お着替えをいたしましょう」

バーベナは慌てて駆け寄り、ヴィオレットの手を取る。

「ささ、こちらへ！」

パタンと、扉が閉められる。一人になったハイドランジアは、回復魔法で止血した。

「どうしたものか……」

鼻血を噴いた件ではない。問題は猫化についてである。

また、ヴィオレットの身に不可解なことが起きた。猫の姿の時に「にゃあ」、と鳴いたら、もとの姿に戻ったのだ。

一刻も早く話を聞きたいので、ハイドランジアはヴィオレットの部屋の前まで移動した。

現在、ヴィオレットは身支度を整えている。

ハイドランジアはヴィオレットの部屋の前でウロウロ歩き、落ち着かない様子を見せていた。

そんな彼を、ポメラニアンが生温かい目で見つめている。

『おい、ハイドランジアよ、落ち着かないか』

「ヴィーの身に変化が起きているのだ。落ち着けるわけがないだろう」

『妻の初産を待ちきれず、廊下で無駄に右往左往する夫のようだ』

「何か言ったか？」

『なんでもないぞよ』

それから三十分後、バーベナがひょっこりと顔を出した。

「うわっ、旦那様、そこで何をしているのですか？」

「うわっとはなんだ。うわっとは！」

「申し訳ありません。気配がまったくなかったもので」

主人に対する態度ではない。憤りかけていたが、それどころではなかった。

「ヴィーに用事がある」

「はあ、どうぞ」

バーベナと入れ替わるように、ハイドランジアはヴィオレットの部屋へと入る。

「ハイドランジア様」

「体の調子はどうだ？」

「なんともないですわ」

顔色はよく、元気そうだった。ホッと胸を撫で下ろす。

「あの、よろしかったら、おかけになってくださいまし」

「ああ、そうだな」

ヴィオレットに椅子を勧められ、隣に腰かけた。

バーベナが持ってきてくれた紅茶を飲んで一息ついてから、本題へと移る。

「しかし、いきなり猫化の条件が変わるとは――」

「ええ、驚きましたわ」

私室に戻ったヴィオレットは、変化魔法の引き金となった言葉「にゃあ」を試してみたらしい。すると、人の姿から猫の姿に変わったのだとか。

「ということは、これまでの条件だった、異性に触れたり、私とキスしたりという条件は無効になるのだろうか？」

「それは――試していませんでした」

「だったら、試しても構わないか？」

その質問に、ヴィオレットは頬を赤くする。目を伏せ、恥ずかしそうにしていた。

これは、拒絶するような反応ではない。

勝手にそう悟ったハイドランジアは、ヴィオレットの顎に手を添え視線を上に向かせる。

今から何をするのか悟ったヴィオレットは、さらに顔を赤くしていた。目も潤み、じっとハイドランジアを見上げてくる。

肩を抱き寄せ、唇と唇が付きそうなほど接近する。

ヴィオレットの熱い息づかいを感じながら、そっと囁《ささや》いた。

「嫌ならば、今すぐ私を突き放せ」

ヴィオレットは抵抗せず、それどころかハイドランジアのほうへと体重を預けてきた。

これはキスをしてもいい、ということだろう。

ヴィオレットは瞼を閉じる。まるで、好きにしてくれと暗に言っているようなものだった。

どきん、どきんと胸が高鳴る。

ハイドランジアは今までにないほど、興奮していた。

きゅっと結ばれたヴィオレットの唇は、熟したリンゴのように赤い。食べてくれと、主張しているようだ。

ならば、願い通りにと、果実に口付けするように唇を開いたが——。

「旦那様、奥様、お客様がお越しです！」

「⁉」

部屋の外から声をかけてきたのは、家令ヘリオトロープだった。珍しく、焦った口ぶりである。

極上の果実を目の前に、待ての状態になったハイドランジアは舌打ちして言葉を返した。

一旦ヴィオレットから離れ、言葉を返す。

「誰だ、先触れもなく、やってきた非常識なヤツは！」

「ハイドランジア、私だ」

「どこの私だ⁉」

「え？」

「は？」

そっと、扉が開かれる。

いつだって冷静沈着なヘリオトロープが、ありえないほど顔色を青くし、額にびっしりと汗をかいている。

「おい、どうしたのだ？」

執事はその問いに答えず、代わりにひょっこりと顔を出したのは――国王だった。

「ハイドランジア……！」

「なっ⁉」

国王だと思ったが、国王ではない。

薄汚れた服を纏っており、いつもの国王とはかけ離れた姿をしている。国の頂点に君臨する男が、すべき恰好ではない。

それに、供も連れずに一人だった。いったい、どういうことなのか。

ハイドランジアはゆっくり立ち上がり、国王と顔がよく似た男に近づく。

男は頭をすっぽり覆うように布を被《かぶ》り、顎の下で結んでいた。服装は、ボロボロのシャツに丈が合っていない薄手のズボンである。足元は裸足だった。

一見して、怪しさしか感じない。けれど、顔は確かに国王だった。

「ハイドランジア、私が、分かるな⁉」

「……？」

目を凝らし、男を見る。見れば見るほど、国王にしか見えない。雰囲気も、いつもの通りおっとりしていた。

しかし、大いなる疑問は、なぜ、国王がみすぼらしい恰好でローダンセ公爵家にやってきたのか、だ。

「私は、国王だ！」

「……」

自らの胸に手を当て国王だと主張する男が、目の前にいる。ハイドランジアは眉間に皺を寄せ、男を見下ろした。

本当に、国王なのか。にわかには信じられない。

「お前はまた、そんな怖い顔で私を見て！」

「！」

このやりとりには、覚えがある。国王はしきりに、ハイドランジアの顔が怖い、怖いと繰り返していたのだ。

しかしこれは、国王の側近ならば誰だって知っていること。誰かから情報を買い取って、真似《まね》している可能性もある。

「本物の国王陛下ならば――」

何か、国王だとはっきり分かる特徴があればいいのだが、思いつかない。

いつもの姿すら、記憶の中でぼんやりかすんでいた。

「ハイドランジア、どうしたというのだ！　なぜ、私を信じない？」

「陛下だけの、特徴を考えていた」

「わ、私は、ちくびの横にホクロがある！　診断したことのあるお前ならば、知っているだろう⁉」

「そのような部位にあるホクロなど、覚えているものか」

とっておきの証拠だったのだろう。国王を名乗る男はがっくりとうな垂れ、涙目になる。

「お前は……私の乳首のホクロを、覚えていなかったなんて」

知らんがな。そんな言葉をごくんと呑《の》み込む。

「他に証拠があるならば、出せ。まだ、信じられん」

「ひ、酷い……。お前は、本当にいつもいつでも私に辛く当たる……」

すんすんと、涙を流し始める。その姿には、はっきりと覚えがあった。

ここで、ようやく気づく。目の前にいるのは、間違いなく国王であると。

ハイドランジアは、その場に跪《ひざまず》く。深く、深く頭を下げた。

「陛下、なぜ、このような場所に？」

「し、信じてくれるのか⁉」

「ええ」

国王の目が、キラリと輝く。

「ハイドランジアよ‼」

国王は駆けだし、勢いのまま抱きつこうとしたので、ハイドランジアは咄嗟に回避する。

「どわっ⁉」

国王は抱擁しようとしていた腕を空振りさせた結果バランスを崩し、その場に倒れ込んだ。

すぐに国王は起き上がり、再び涙をポロポロ流しながら叫んだ。

「ひ、酷くない⁉」

ハイドランジアも、自分のしたことであったが酷いと思った。


いったい、何が起こったのか。とりあえず、身支度を整えてもらった。

その間に、ヴィオレットを呼び事情を話していく。

「国王陛下が、護衛を連れずにいらしたと？」

「ああ。詳しい事情は、これから聞く」

一時間後——立派な身なりに着替えた国王は、もじもじしていた。

着替えたのに、国王の威厳はほぼ消えている。

「それで陛下、いかがなさいましたか？」

「わ、私の偽物が、出たのだ」

「偽物、ですか？」

「ああ、そうだ」

額に汗を滲ませながら、事の次第を語り始める。偽物の国王との邂逅《かいこう》は突然だった。

「月に一度の、市民を招いた謁見の日があるだろう？」

「陛下、それは三日後の予定でしたが？」

「う、うむ……そうだが」

「なぜ、日付を変えたのです？」

「し、臣下が、どうしても今日にしたいと」

「また、言いなりになったのですね？」

「うう……」

誰かの糸引きがあったようだ。ハイドランジアは呆れつつも、続きを聞く姿勢を取る。

「誰が言ったのです？」

「さ、宰相の弟で、最近入った……」

「ルードルフ・フォン・デーベライナー、ですね？」

「そ、そうだな」

ハイドランジアは国王の前であったが、舌打ちする。

宰相は数少ない国王に忠誠を誓った男だが、一族がそうであるとは限らない。弟が出仕すると聞いた時、ハイドランジアは訝《いぶか》しく思っていたのだ。

ルードルフ・フォン・デーベライナー、御年四十二歳。今まで、政治に関わることなく、不労収入で豪遊する自由人だと噂《うわさ》されていた。実際、ハイドランジアは宰相本人からルードルフの話を聞いたことがある。家族すら、扱いに困っていると。

ハイドランジアは、よくもそんな男を入れたものだと思った。人事権を握っていたら、絶対に反対している。

ローダンセ公爵家は、政治に一切関わらないと初代が取り決めを作っていたので介入できなかったのだ。

「私は一度、あの男には気をつけるよう、言っていましたよね？」

「まあ、うん、そうだったな」

「王太子様にも言われていたでしょう」

「う、うむ」

ここまで言っていたのに、なぜ引っかかってしまうのか。思わず、天井を仰いだ。眉間の皺を解《ほぐ》そうとするも、なかなか元の状態には戻らなかった。

険しい顔で見たら、また怖いと言われる。ハイドランジアはなるべく穏やかに努めながらも、国王をしっかり責める。

「なぜ、言うことを聞いてしまったのですか？」

国王はゆっくりと、視線を逸《そ》らしていく。そっと目を伏せ、質問が聞こえなかったような仕草を取る。

「陛下！」

ここで、ヴィオレットがハイドランジアの手を握る。

「その、ハイドランジア様……」

「なんだ？」

「もっと、お優しくなさったほうが。国王陛下も、傷心ですから」

「それは、そうだが」

国王はヴィオレットの言葉に、コクコクと頷いていた。

ヴィオレットが触れた指先から、体がじわじわと温まっていく。ハイドランジアは怒りを抑え、冷

静さを取り戻した。

一度、ふうと長い息をはいた。

「あの、ハイドランジア。その、一応、私は一度、断ったのだ。ハイドランジアのいない日に、謁見はできないと」

謁見は、応募者の中から身分問わずに選ばれる。そのため、当日はハイドランジアが国王の傍に立ち、護衛を務めるのだ。

強力な結界は、術者が近くにいないと発動されない。

ローダンセ公爵家の初代が作ったような常時展開型の強い結界は、現代では失われた魔法なのだ。

ハイドランジアも結界を張っているが、侵入者が敷地内に入ったら知らせる程度のものである。強制的に捕えたり、攻撃を加えたりするタイプの魔法は、空気中に漂う魔力が豊富だった時代だからこそ使えたものでもあるのだ。

いくら能力があっても、昔のように魔法は使えない。歯痒《はがゆ》いことだが、どうしようもない。

「そ、それで、ルードルフとやらに言われたのだ」

——陛下は、ローダンセ閣下の言いなりなのですね、と。

「なるほど。それを聞いて、国王は私のいない日に謁見をすることにしたと」

「う、うむ」

ハイドランジアは膝の上にあった両手で拳を作り、強く握った。まんまと、言葉に乗せられて窮地に陥っていたようだ。

ヴィオレットがいなかったら、国王を怒鳴っていただろう。

今は、ぐっと我慢する。

「ハイドランジア、怒っているのか?」

「いいえ、まったく」

言葉尻に、怒気が混じってしまった。国王はビクリと震え、ウルウルとした瞳で見つめる。

「その、ハイドランジアよ。実は、お、怒っているだろう? 怒りは、小出しにしたほうがいい。溜《た》めておくと、いつか爆発する」

「怒ってないと言っております。どうぞ、続きをお話しください」

「う……まあ、そうだな」

謁見直後、ボロボロの外套に身を包んだ男がやってきた。

「たまに、こういう者もおるから、なんとも思っていなかった。しかし――」

男が頭巾《ずきん》を取り外した瞬間、国王は驚愕《きょうがく》する。自分と同じ顔を持っていたからだ。

「その者が言ったのだ。玉座に座っているのは、偽物の王だ、と」

ハイドランジアは特大のため息をごくんと呑み込む。一緒に怒りもなかったものにしたかったが、これればかりはそうはいかない。眉間の皺は深まり、口元も歪《ゆが》んでしまう。

国王は怯《おび》えた表情で、続きを話す。

「どうしてか、周囲の者達はそれを信じてしまった」

「おそらく、幻術と、強制催眠です」

「魔法! そうか、魔法、だったのか」

頼みの王太子は、外交の旅に出ていたらしい。国王はまんまと嵌《は》められてしまったのだ。

ハイドランジアは本日二度目のため息を吐《つ》いた。

「私はそのあと、偽物が着ていたボロボロの服を着せられ、牢屋《ろうや》に入れられた。ご、五時間後に、処刑される予定だった」

「ありえないですね」

「そ、そうだな」

処刑はそんなに早く決まらない。何度も審議をしたのちに、執り行われる。ハイドランジアが翌日出勤する前に、処分してしまおうという魂胆が見え見えであった。

「だから――魔法師団を国王の護衛に付けるように言っていたのに」

「それは、すまなかった」

いまだに、魔法に対するイメージはそこまでよくない。過去の悪しき歴史を引きずったまま、現代に至る。

特に、魔法使いに虐げられた過去を持つ古い家柄の者は、毛嫌いしているのだ。それらの一族は、政治家に多い。

ローダンセ公爵の初代は魔法使いの扱いに怒り、今後一切政治にかかわらないと宣言している。加えて、王族の身辺警護はしない、と。

その姿勢はハイドランジアの父親の代まで続いていたが、ハイドランジアは国王と多くかかわっていた。国王の人柄に触れた時から、放っておくことなどできなくなっていたのだ。

「ハイドランジア、許してくれ」

国王は雨の日に捨てられた子犬のような目で、ハイドランジアを見つめていた。抱いていた怒りは、だんだんと治まる。

「仕方がないですね」

そう答えると、国王は途端に笑顔になった。

国王はこの通り、憎めない人物なのである。ついつい、仕方がないので何かをしてあげよう、という気持ちになるのだ。

「それで、どうやって脱出したのですか?」

「それが――」

宰相の弟、ルードルフ・フォン・デーベライナーの策略で、国王は別の者に成り代わってしまった。皆、幻術に惑わされ、本当の王を偽物と糾弾し、処刑しようとしたのだ。

牢屋に閉じ込められた王は、悲運を嘆き涙していた。

処刑まで、一刻の猶予もない。

国王の頼みである王太子《むすこ》は外交の旅に出ていて、ハイドランジアは休日だった。

もうダメだ――国王がそう思った瞬間、地下の牢獄《ろうごく》で金色《こんじき》に輝く存在が現れたようだ。

「金色に輝く存在……ですか?」

「ああ。小さいながらも神々しい姿で、私のもとにやってきて、奇跡の力で牢の鍵を開いてくれたのだ」

「はあ」

なんとも不可解なできごとである。いったい、誰が国王を助けたというのか。

「その、金色の生き物は、どんな姿をしていたのですか?」

「ううむ。全体が金色に輝いていて、よく見えなかったのだが……強いて言ったら、小さき犬のようなシルエットだった」

「犬……金色……奇跡の力……？」

国王の証言を繋ぎ合わせると、一つの姿が完成する。

ハイドランジアはハッとなり、立ち上がって叫んだ。

「ポメラニアン、またお前か！」

「ん？　どうした？」

国王はポカンとした表情で、ハイドランジアを見上げていた。

ポメラニアンは自らが精霊であると名乗っていないようだった。ハイドランジアはストンと腰掛け、話の続きに耳を傾ける。

「いえ、なんでも。それで、その、ポメ……金色の生き物が、この家まで誘ったと？」

「ああ、そうだ。ここまで、走って導いてくれた。扉の前に辿り着いたあと、ふわりと消えてしまったのだ。あれは、私が見た幻だったのか」

「……」

おそらく、転移魔法で消えたのだろう。

ポメラニアンと国王は、なぜか王城から走ってきたらしい。だが、不思議なことに誰にも見つからなかったようだ。

「道行く人は、誰も、私が王だと気づかなかった。それどころか、ボロの服を着ていたので、見ない振りをしていた」

「まあ……仕方がない話です」

「国王の生誕祭で城の露台《バルコニー》から顔を覗かせた時は、庭に大勢の民が押し寄せ、私の姿を見ようとしていたのに」

「その辺に、供も付けずに国王がいるとは、誰も思わないでしょう」

「そうだが……私は、気づいたのだ。国王は、一人では国王になれないと。敬ってくれる臣下や、民達の存在があるからこそ、国王でいられるのだ。忙しい日々をおくるあまり、私は、失念していた」

珍しく、国王は燃えていた。

「病気になんぞ、なっている場合ではない。偽物に、王座を奪われている場合でもないのだ。私は王として、国民が住みやすい国を作らなければならない。だから、私は戦うぞ。ハイドランジア、手を、貸してくれないか？」

いつになく、堂々としていて果敢な物言いであった。ハイドランジアは迷うことなく、頷いた。

「もちろんでございます、陛下」

「感謝するぞ」

「この、第一魔法師《ストイケイア》である私が、敵を一網打尽にしてみせますゆえ」

いったい誰が今回の件を目論《もくろ》んでいたのかは、安易に推測できる。トリトマ・セシリアと、エゼール家の魔法使いだろう。

ハイドランジアと王太子マグノリアがいない間に、城に小細工をしているに違いない。

売られた喧嘩は、買わなければならないだろう。時間が経てば経つほど、こちらに不利な状況になる。動くならば、早いほうがいい。

王国の乗っ取りなど、絶対に赦《ゆる》せることではなかった。

「陛下は、少し休まれていてください」

「し、しかし、何もしないわけには――」

「今は、どっしり構えているのが、陛下のお仕事です」

執事に目配せすると、客間へ国王を連れていく。

国王は不安げに、ハイドランジアをチラチラ見ていた。充分話していたようだが、まだ話したりないのだろうが、無視である。動くならば、早いほうがいい。無駄話をしている時間は一秒たりともなかった。

ヴィオレットと二人きりとなったので、これからについて話さないといけないだろう。

「さて――と」

「ハイドランジア様、いかがなさいますの？」

「あまり、時間はかけたくない」

外交に出かけたマグノリア王子の帰りを待ちたいが、向こうは着々と玉座と城を我が物としているだろう。

「今すぐ、城の者達の催眠を解き、悪事を働く不届き者を成敗しなければ」

ここで、思いがけない声があがる。挙手したのは、ヴィオレットであった。

「ハイドランジア様、わたくしも、連れていってくださいまし！」

ヴィオレットの主張に、ハイドランジアは再び眉間に皺を寄せる。これから、間違いなく危険が待ち受けているのだ。ヴィオレットを連れていくのは、時期尚早ではないか。考えるが、答えは出てこない。

戦いは、もう少し先だと想定していたのだ。スノウワイトだって、まだ成獣にはなっていない。

迷っていると、ヴィオレットは強い瞳を向けながら懇願してくる。

「お願いいたします。わたくしだって、やられっぱなしでとってもとっても悔しいですわ！」

「それは……」

ヴィオレットの気持ちはよく分かる。トリトマ・セシリアやエゼール家の魔法使いのせいで、普通の令嬢としての暮らしができなかったのだ。

腕を組み、しばし考える。

「ハイドランジア様。わたくしは、足手まといには、なりません。だから――」

心意気は立派だ。しかし、簡単に承諾できるものではない。

「ハイドランジア様……！」

奥歯を噛みしめ、考える。

ヴィオレットはそこそこ魔法を使える。ハイドランジアの優秀な愛弟子《まなでし》なのだ。

ただ、相手はヴィオレットの身を狙《ねら》う狡猾《こうかつ》な魔法使いである。どんな汚い手段を使っても、ヴィオレットの身を奪いに来るだろう。その点は、恐ろしくて考えたくもない。

ただ、傍にいない間に、誘拐でもされたら死ぬまで後悔するだろう。傍に置いておいたほうがいいに決まっている。

ハイドランジアは、答えを出した。

「わかった。そのかわり、私から離れるなよ」

「ありがとうございます！」

ヴィオレットはそう言って、ハイドランジアに抱きつく。おまけとばかりに、頬に唇を寄せてきた。

「ハイドランジア様、わたくし、嬉しいです」

「ふむ」

礼を言って尚、ヴィオレットは抱きついたまま離れようとしない。熱い眼差《まなざ》しを向けられ、気持ちが持ち上がってきた。

ハイドランジアはヴィオレットの顎を掴《つか》み、唇にキスをする。

「ひゃっ……ん!?」

「……」

猫化は、しなかった。

「あの、ハイドランジア様……今のは、いったい？」

「ヴィーへの愛情表現だ。あとは、キスをして、猫化をしないかの、最終確認でもある」

「そ、そうでしたか」

やはり、猫化の引き金はキスではなくなったようだ。

「では、にゃあと鳴いてみろ」

「にゃあ？」

猫の鳴き真似をすると――魔法陣が浮かび上がった。瞬《まばた》きをする間に、ヴィオレットは猫化する。

「やはり、猫化の呪文は鳴き真似となっていたか」

ハイドランジアはすぐさまヴィオレットの体を抱き寄せ、頬擦りしながら呟いた。

ヴィオレットは異性に触れても、猫化しなくなった。先日、実兄の協力で、猫化実験を行ったのだ。

ヴィオレットの兄や、年老いた執事が触れても、ヴィオレットは猫化しなかった。

異性への恐怖を、克服したのだろう。

そして――「にゃあ」と鳴くと猫化する、という特殊能力を身につけた。

夫婦は並んで座り、現状がよい方向へ進んでいることを喜び合った。

「これで、ヴィーは異性への接触を気にせず、外出できるだろう」

『本当に、嬉しいですわ。自由に外出できるなんて、夢のようで……』

「どこに、行きたい？」

ヴィオレットは可愛らしく、小首を傾《かし》げる。フワフワの尻尾をゆらゆら揺らしながら、どこに行きたいか考えているのか。それとも、別の疑問が生じたのか。

「どうした？」

『いいえ、外出を禁じられていた時は行きたい場所やお店がたくさんあったはずなのに、今は一つも思い浮かばなくって』

もっとも行きたかった劇場は、ハイドランジアが連れていった。それで、満足していたのかもしれない。

「ゆっくり考えるといい」

『ええ、ありがとうございます。でも今は、ハイドランジア様とこうしてゆっくりのんびりと、過ごしたいのです』

ヴィオレットはそう言って、ハイドランジアに身を寄せる。

その瞬間、全身の肌が粟立《あわだ》った。なんて、可愛らしいことを言ってくるのか。

カ～ッと顔が熱くなり、だんだんムラムラしてくる。きっと、抱き寄せてキスをしただけでは止まらないだろう。

夫婦にはまだ、越えなければならない高く厚い壁があったのだ。桃色になった気分を誤魔化すため、別の話題を振った。

「しかし、短縮詠唱での猫化は素晴らしい能力だ。今後、役立つだろう」

『ハイドランジア様、猫化がなんに役立ちますの？』

「そ、それは……なんだ、そうだな……」

まず、見た目が愛らしくて癒やされる。次に、鳴き声が美しいので、耳が浄化される。それから、存在自体が奇跡。その姿を目の当《ま》たりにしただけで、心が晴れる。

少し考えただけで、たくさん思い浮かんでくる。しかし、口に出すのは酷く恥ずかしいものばかりだ。そんなことを考えているうちに、ヴィオレットの目つきが鋭くなっていく。

『ハイドランジア様は、やっぱり猫好きですのね』

「犬より猫のほうが、好ましいだけだ」

『素直になったらよろしいのに』

唇を噛みしめ、追及から逃れようとする。が、ここでまさかの展開となった。

『にゃあ』

「!?」

猫化の呪文を唱えたヴィオレットは、人の姿となる。先ほど脱げたドレスをたぐり寄せてジッとハイドランジアを見つめた。

その姿はあまりにも美しく、尊い。ハイドランジアは熱いため息を落とした。

いったいなんのつもりだったのか。考えている間に、ヴィオレットはもう一度「にゃあ」と鳴いた。

すぐさま、人の姿から愛らしい猫の姿となる。

『今、ハイドランジア様のわたくしを見る目が、変わりましたわ』

「私は、いつもと変わらない」

『どうせ、普段のわたくしより、猫の姿をしたわたくしのほうが好きなのでしょう』

「そんなことはない」

そう答えても、ヴィオレットはぷいっと顔を逸らす。怒ってそっぽを向いた姿も、最高に愛らしい。

今すぐ抱き寄せたいが、じわじわ逆立つ毛を見ていると噛みつかれそうだ。

「ヴィー……」

思いのほか、懇願するような弱々しい声が出てしまった。

ヴィオレットは振り返り、凝らした目でハイドランジアを見る。

『猫好きではないとしたら、これも、耐えることができるはず』

「？」

ヴィオレットはハイドランジアに近寄って、頬擦りした。

「――ッ!!」

最高に可愛い!!

今すぐ、抱き寄せて頬擦りし返したい。だが、ぐっと堪える。

『ハイドランジア様ったら、我慢強いのですね』

そう言って、ヴィオレットは次なる行動に出た。なんと、ハイドランジアの膝に上り、丸くなったのだ。

その瞬間、息が詰まってしまう。

「はっ、はっ、はっ……！」

ヴィオレットが可愛すぎて――辛い。

ハイドランジアは嫁を愛らしく思うあまり、息をすることもままならなかった。

そんなハイドランジアの様子を確認したヴィオレットは、ポツリ、ポツリと話し始める。

『ハイドランジア様は、わかりやすいのです。猫化した瞬間、目つきが変わりましたもの』

「どんな目だ」

『人の姿のわたくしに、キスを迫る時のような――』

ヴィオレットは言葉を切り、首を傾げる。何かに気づいたようで、耳をピンと立てた。

「ヴィー、どうした？」

『ハイドランジア様は、普段のわたくしも大好きなのでしょうか？』

「どんな姿でも、ヴィーはヴィーだろう。ただ、猫の姿の時のほうが、小さくて可愛がりやすいというか……なんというか……。つまりだ、人間のヴィーの可愛がり方が、よく分かっていないだけで、ヴィーがどんな姿であろうと、愛しているのだ！」

『ま、まあ……。そ、そうでしたのね。わたくしったら、勘違いを』

勢いで熱烈な告白をしてしまった。羞恥がこみ上げてくる。

しかしそのおかげで、なんとか誤解は解けたようだ。内心、ホッとする。

第三話　武装エルフと、武装嫁～最終決戦～

雲間から月が姿を覗《のぞ》かせるという、魔力満ちた夜――ハイドランジアは行動を起こす。

振り返ると、勇ましい表情を浮かべる妻ヴィオレットの姿があった。

「ヴィー、覚悟はいいか？」

「いつでも、よろしくってよ」

ヴィオレットは凛々《りり》しく答えた。

今宵《こよい》の彼女は、男装姿でいる。シャツの襟にジャボを巻き、ベストを着込んで、下はズボンに黒いブーツを合わせている。

すべて、ハイドランジアが少年時代に着ていた服装だ。魔法無効化や物理攻撃を跳ね返す結界など、さまざまな魔法が糸に込められている。

ハイドランジアはヴィオレットの男装姿を見て、うんうんと何度も頷《うなず》いていた。

長い髪は三つ編みにして、横から流している。普段と違う髪型だったが、よく似合っていた。

寸法はぴったりで、胸元から腰、尻《しり》、腿《もも》、ふくらはぎと、見事な体形が見て取れる素晴らしい装いだった。

魔法の服なので、纏《まと》う者に合わせて服の寸法が変わるのだ。

ただ、この素晴らしい恰好《かっこう》は他《ほか》の者に見せるわけにはいかない。外套《がいとう》を脱ぎ、ヴィオレットへ差し出した。

「ヴィー、これを着ておけ」

「これは、ハイドランジア様の外套では？」

「いいから、着ておくのだ」

ヴィオレットの肩に、漆黒の魔法使いの外套をかける。これで、一見して男装しているとバレない。完璧《かんぺき》な工作だった。

本来ならばスノウワイトにも同行してもらう予定だった。いまだ成獣ではないものの、体は十分大きい。威嚇くらいはしてくれるだろう。そう目論《もくろ》んでいたが、スノウワイトはすでに眠っていて、いくら体を揺すっても起きなかったのだ。

ヴィオレット曰《いわ》く、戦闘訓練を積んでいないので、役に立たないだろうと。現状、体の大きな家猫でしかないという。

ならば、このまま眠らせておいたほうがいいだろう。

そんなわけで、スノウワイトは留守番組となったのだった。

「さて、行くか――」

『待たれよ！』

そう言ってやってきたのは、竜の卵を背負ったポメラニアンだった。今日は、ポメラニアンが卵を温める当番だったようだ。

そんなポメラニアンが、思いがけないことを口にする。

『我も、王城へゆくぞ！』

キリリとした顔で言っていたが、背中に卵を背負っているおかげでイマイチ決まらなかった。

しかし、大精霊であるポメラニアンの同行はありがたい。

ハイドランジアは胸に手を当て、ポメラニアンに敬意を示した。


月夜の晩――ハイドランジアはヴィオレット、ポメラニアンを引き連れて王城へ向かう。

まず向かったのは、魔法師団の執務室である。

敵は王城の敷地内すべてに結界が張ってあるのだろう。妨害のようなものを感じたが、すぐに封じ突破した。

ヴィオレットの腰を抱き、着地する。ポメラニアンも続き、執務室に浮かんだ魔法陣の上に優雅に降り立っていた。

執務室には、数名の魔法使いが待機している。皆、不安げな表情だった。

副官であるクインスが、涙目でハイドランジアの胸に飛び込んでくる。

「ローダンセ閣下～～!!」

ハイドランジアはクインスに抱きつかれそうになったが、額を押して拒絶した。

「うっ、酷《ひど》い!!」

「酷くない。いったい、何をする！」

「だって、ホッとして……」

「何があった？　報告しろ。喜ぶのは、事件が解決してからだ」

「は、はい……」

クインスはしどろ、もどろと状況を話し始める。

王城の隣の宮殿にある魔法師団は、謎《なぞ》の魔法にかかり脱出不可能状態になっていたようだ。

「閣下に連絡しようにも、魔法で妨害されて」

「なるほど」

魔法の知識がある者達は、閉じ込められていたらしい。しかし、閉じ込めただけでは解決しないだろう。明日《あす》になれば、ハイドランジアが出勤してくるのだ。

かけられた魔法はハイドランジアの侵入を阻もうとした。しかし、第一魔法師《ストイケイア》である彼は難なく魔法を解くことができた。

魔法師団の団員達は、次々と失神したらしい。

「おそらくなのですが、魔力の少ない者から、昏倒《こんとう》しているようです」

「魔力吸収《マギアドレイン》か？」

「おそらく」

魔法師団の団員の魔力を吸って、ここの結界を維持しているようだ。

ハイドランジアは奥歯を噛《か》みしめ、悔しさを募らせる。

「倒れた者達は、救護室で休ませています。寝台が足りず、長椅子《ながいす》や毛布を敷いた上に寝かせている者もいますが……」

「そうか」

なんとか耐えることができた者だけ、ハイドランジアの執務室に集まったようだ。

「閣下の部屋は、閣下の結界で守られています。ここから一歩外に出ただけで、苦しくなるのです」

「……」

奥歯を噛みしめる。事態は思っていた以上に、悪かった。これらはいったい、何の魔法なのか。ハイドランジアは考える。

「このように強制力のあるものなど、闇魔法《やみまほう》しか該当しないが」

「ハイドランジア様、もしかしたら、生贄《いけにえ》を使ったものなのかもしれません」

ヴィオレットの言葉を聞いた瞬間、闇魔法の中に『人肉結界』という禁術があったことを思い出す。人肉結界とは人の血肉を使って結界を作るもので、世にある結界の中でもっとも最悪で最強と言われている。

命と引き換えに、展開させる残酷極まりない魔法だ。

ただ、今の状況では情報が少なく、断定できない。

「クインス、他に気づいたことはあるか？」

「変な、刻印のようなものがあって」

「刻印だと？」

ハイドランジアが呟《つぶや》いた瞬間、魔法師団の建物が震えた。

縦に、横にと揺れ動く。窓枠と窓ガラスがミシミシと悲鳴を上げていたが、耐久の魔法をかけてあるので割れることはないだろう。

執務机に積み上がっていた書類の山は崩壊し、本棚の魔法書が次々と落下していく。

その場に立っていられないほどの、激しい揺れだった。

『むうんっ⁉』

ポメラニアンが思いっきり渋い中年親父のような声で唸《うな》ったが、皆自分のことで精一杯で気づいていなかった。四つの足で踏ん張り、なんとか耐えている。

「きゃあ！」

倒れそうになったヴィオレットの体を、ハイドランジアは抱き寄せる。

「ヴィー、大丈夫だ」

「ハイドランジア様！」

ヴィオレットはハイドランジアにすがりつき、揺れに耐える。

「どわあ～～！」

クインスは支えるものがなく、床の上を転がっていく。壁はクッション素材を使っているので、ぶつかっても心配ないだろう。

それよりも、この揺れについて探らなければならない。この地震は、人為的なものだ。ハイドランジアは水晶杖《クリスタルロッド》を取り出し、床に打ち付けた。

自身の魔力を流し、どのような魔法が展開されているのか探る。

「――!?」

ありえない呪文《じゅもん》の構成に、ハイドランジアは息を呑《の》んだ。クインスがぎょっとし、叫ぶ。

「か、閣下！　窓に、呪文が」

振り返ると、血で描かれたような呪文がびっしりと浮かんでくる。

ガラスがギシ、ギシと、先ほどとは異なる音を立てていた。ハイドランジアのかけた結界を、破ろうとしているのだ。

「気持ち悪い！」

ハイドランジアは吐き捨てる。

魔力を素手でぐちゃぐちゃにかき混ぜられているような感覚に陥る。その感覚は、ハイドランジアだけではないようだ。この場にいる者達の、何らかの情報を調べるような魔法なのだろう。

「くっ！」

ギシギシ、ミシミシと音を立てているガラスが、限界であると叫んでいるようだった。

ここで、呪文を読み取ったハイドランジアは、魔法の正体に気づいた。

思わず、「クソが！」と叫びたくなった。だが、ヴィオレットを胸に抱いている手前、自重する。

揺れはどんどん激しくなったが、これ以上魔法師団の本拠地で勝手を許すつもりはなかった。

「させぬ！」

結界に魔力を注ぎ、強化させる。そして、さらに水晶杖《クリスタルロッド》で床を叩《たた》いた。

すると、揺れは収まる。

残っていた団員も、次々と意識を失っていた。床の上に倒れ、ピクリともしない。魔力を刺激され、意識が昏睡《こんすい》状態になってしまったのだろう。

ヴィオレットは表情を青くしながらも、なんとか耐えたようだ。大精霊であるポメラニアンも同様である。

倒れた団員の中で、唯一唸り声を上げている者がいた。副官のクインスである。彼は第二魔法師《デウテロス》で、魔法師団の中でも魔力の高い魔法使いなのだ。

普段は頼りない様子でいるものの、確かな実力者なのである。

「ううっ……」

「おい、クインス。意識はあるか？」

「い、意識は、一応あります」

「では、立て」

「はい」

返事はしたものの、生まれたての子鹿《こじか》のようにプルプルと震えていた。顔も土気色になっている。明らかに、体調は万全ではない。

ハイドランジアはしゃがみ込み、クインスの額に手を当てる。

「──汝《なんじ》、祝福す、不調の因果を、癒《い》やしませ」

青い魔法陣が浮かび上がり、パチンと音を立てて弾《はじ》けた。回復魔法を施すと、クインスはホッと息をはきだす。

「大丈夫か？」

「な、なんとか。閣下、ありがとうございます」

「大事な、駒《こま》だからな」

「はい。立派な駒になれるよう、頑張ります」

クインスは立ち上がり、表情をキリッとさせていた。

「閣下、これは、どのような魔法なのでしょうか？」

「邪竜召喚だ」

「へ？」

クインスはピンときていないのか、首を傾《かし》げて聞き返す。ハイドランジアは、大きな声ではっきり述べた。

「邪竜、召喚‼」

「えええぇッ⁉」

邪竜――魔王と呼ばれ恐れられた存在である。愚かにも、人々の命と引き換えに、この地に邪竜を召喚しようとしていたのだ。

「そ、そんな、邪竜召喚なんて、古代に、失われた魔法では⁉」

「転生者がいるのだ。古代の、魔法使いのな」

一刻も早く手を打たなければ、大変なことになる。

ハイドランジアはすぐさま行動を起こした。まず、廊下に出る。その瞬間に、舌打ちしてしまった。

魔法師団の廊下の壁には、びっしりと真《ま》っ赤《か》な呪文が描かれていた。当然ながら、ハイドランジアの魔法ではない。

「このようなこと、許さんぞ！」

一度、ハイドランジアは振り返る。ヴィオレットに向かって、叫んだ。

「ヴィー、行くぞ。ついて来い！」

「はい‼」

恐怖を感じているだろうが、それでも、ヴィオレットは気丈な返事をした。最高の妻だと思いつつ、先へと進んだ。

ハイドランジアは水晶杖《クリスタルロッド》で壁を叩き、呪文を壊していく。

一見して力任せに破壊しているようで、実際はそうではない。一つ一つ丁寧に、確実に、魔法式が崩壊するようにしているのだ。

「これは……古代文字で、邪竜の文字が書かれています」

『ふむ。本気で邪竜を甦《よみがえ》らせようとしているようだな』

「ヴィー、ポメラニアン、立ち止まるな。私から離れず、しっかりついて来い」

「ええ」

『わかっておる』

先ほどから術を妨害するため呪文を破壊しているが、魔法師団の建物の広範囲に展開された魔法は消失しない。

それどころか、消したはずの呪文は時間が経《た》つと復活しているようだった。

『まるで、いたちごっこだな』

「どこかに、魔法の常時展開及び復活を可能としている核《コア》があるはずだ。それを、叩き割らなければならない」

『地下か、屋上か』

「今宵は満月。屋上に決まっている」

魔力は月から生まれ、地上に降り注ぐ。今宵は絶好の、魔法を使うに最高の日というわけだ。

『なるほどな。お主が休みの日と、満月の晩を狙《ねら》って起こしたことだったか』

「喋《しゃべ》っている暇はない。行くぞ」

窓から顔を出し、夜空を見上げた。月明かりが、これでもかと降り注いでいる。

ハイドランジアの中にある魔力が、どんどん活性化されていた。それは、敵も同じなので、恐ろしい事態であった。

転移魔法で塔の入り口まで移動する。通常、塔はガーゴイルが見張っており、勝手に入れないようになっていた。

しかし――出入口を守護するガーゴイル像は粉々に砕かれていた。

「なんてことを……！」

「酷いですわ」

『ガーゴイルはあとで元に戻せる。先に進むぞよ！』

ここから先は、ハイドランジアも初めて足を踏み入れる。塔の壁にも、びっしりと呪文が描かれていた。真っ赤に光り、塔の内部を怪しく照らしている。

一瞬、吐き気と目眩《めまい》を覚え、床に膝をつきそうになった。水晶杖《クリスタルロッド》を強く握り、なんとか耐える。

塔はもともと、古《いにしえ》の時代の魔法使い達の悪しき儀式に使われていたのだ。人肉結界が作られたのも、この塔だという歴史書も残っていた。

「気味が悪い」

「わたくしには、普通の塔にしか見えませんが」

『同じく』

「分からないほうが、いい」

一歩一歩と進むにつれて、胃がムカムカしてくる。

「ハイドランジア様、大丈夫ですか？」

「ああ。先へ進むぞ」

『ああ』

歴史を知らないヴィオレットとポメラニアンは、気にも留めずに進んでいく。ハイドランジアもしぶしぶと足を踏み入れた。

想定していた通り、塔は気味が悪い場所だった。当時の怨念《おんねん》が長い時を経て、空気中を漂う魔力に溶け込んでいるようだった。

ハイドランジアは息苦しさを覚え、咳《せ》き込む。

「ハイドランジア様、大丈夫ですの？」

「ヴィー、お前は本当に何も感じないのか？」

「いいえ、特には」

ポメラニアンも特に何も感じないらしい。

知らないということは、幸せなのだろう。それに、ヴィオレットは特に大きな魔力をその身に秘めている。影響は感じないのかもしれない。

螺旋《らせん》階段を駆け上がり、最上階を目指す。

一歩、一歩と進むたびに、焦燥感に駆られる。何かが、いる、いるのだ。

塔の天辺に続く扉の前に、うごめく物体があった。

ダイヤモンドのような瞳《め》に真っ赤な鱗《うろこ》を持つ、刺《いら》のような尾を持つ巨大な蛇。

目にした瞬間、吐き気に襲われる。そういう呪《のろ》いが、かかっているのだろう。

すぐさま回復魔法を使い、体調不良を癒やした。

『ギュルルル!!』

耳をつんざくような咆哮《ほうこう》があがった。

うねうねと左右に動き、舌先をチョロチョロ出し入れして侵入者であるハイドランジアを見つめていた。まるで、獲物を狙うような目である。

「ハイドランジア様……あれは、なんですの？」

邪竜ではないが、非常に悪質な魔物である。

「猛毒竜《ウィーヴル》だ」

『古代に絶滅した人食い竜ぞよ』

「ふん。趣味が悪い。邪竜を甦らせるフルコースの、前菜といったところか」

上等だ。ハイドランジアは叫び、水晶杖《クリスタルロッド》の底を床に打ち付けた。

「ポメラニアン、時間稼ぎを頼む」

『精霊使いが荒いエルフぞよ！』

そう言いながらも、ポメラニアンは猛毒竜の前に躍り出た。

猛毒竜はひと鳴きすると、猛毒混じりの唾液《だえき》を吐き出す。ポメラニアンは玉のように跳ね、回避していた。

ヴィオレットは後方から支援する。

「――凍解《いてど》け破る果ての蔦焔《つたほむら》、釁隙《きんげき》なく紡ぎ、荼毒《とどく》を弾く楯となれ、炎盾《フレイムシールド》！」

炎の蔓《つる》が魔法陣より伸びて円状に編まれ、ポメラニアンを守る動く盾と化す。猛毒の粒が飛んできても、盾から燃え上がる炎が焼き尽くした。

炎の盾の効果はこれだけではない。攻撃をした相手に、反撃するのだ。

盾より、炎の球が撃ち込まれる。予想していなかった攻撃だったのだろう。猛毒竜の額に当たり、周囲に焦げた臭いが漂った。

ハイドランジアの詠唱が完成すると、魔法が展開される。

「――我に敵対する存在《もの》を凍て突き破れ、氷の槍《アイスランス》！」

串刺しするように、次々と氷でできた槍《やり》が突き出てくる。

『ギュルオオオオ!!』

猛毒竜は頭から尾まで何カ所も串刺しとなり、毒混じりの血を吐き出す。

血が付着した床は、ドロドロに溶けていた。最後のあがきなのか、とっておきの猛毒のようだった。

しかし、その勢いも衰える。全身が凍り出したのだ。

パキパキ、パキパキパキと音を立てて、数十秒と待たずに猛毒竜は氷像と化す。

「この魔法の効果は、串刺しではない。凍結だ」

刺した箇所から凍らせていく、えげつない術なのだ。

『火攻めに氷攻めと、恐ろしい夫婦ぞよ』

「命がかかっているのだ。全力でやらせてもらう」

門番を倒したので、先へと進む。塔の外へと繋《つな》がる扉は、鍵《かぎ》がかかっていた。

「ヴィー、私から離れろ」

「え？　ええ」

ヴィオレットが離れたことを確認すると、ハイドランジアは渾身《こんしん》の蹴《け》りを塔の扉へ入れた。一発で、扉は開く。

「ハイドランジア様……魔法は使わないのですね」

「足に、強化の魔法を使ったぞ。生身だったら、怪我《けが》をしている」

「な、なるほど」

『あやつは、涼しい顔をしていて、脳みそには筋肉がぎっしり詰まっているぞよ』

「ポメラニアン、何か言ったか？」

『いいや、なんにも』

ここで楽しく会話をしている場合ではない。先を急がなければ。

「では、行くぞ。何があるか分からぬから、慎重に」

「承知いたしました」

『分かっているぞよ』

「ヴィー、この先、何が起きても、取り乱さず、毅然《きぜん》としているのだぞ」

「ええ」

一歩外に出ると、すさまじい強風を肌で感じる。同時に、ゾクッと悪寒も感じた。すぐ近くに、諸悪の根源がいるのだろう。

ハイドランジアは天を衝《つ》くようにそびえる塔を見上げた。

階段は塔に巻きつくようにあり、幅は狭く、手すりも何もない。足を踏み外したら、そのまま落下する。小さなポメラニアンは強風に煽《あお》られ、必死にふんばっていた。

『ぬううううん！』

ハイドランジアは無言でポメラニアンを抱き、階段を上がっていく。

『まさか、お前の胸に再び抱かれる日がくるとは……』

「介護だ。気にするな。それに、ポメラニアンよりも竜の卵が心配だ」

『なんだと⁉』

若干緊張感のない会話を交わしつつも、頂上まで辿《たど》り着く。

ポメラニアンを地面に下ろし、邪悪な魔法を発動させていた人物と対峙《たいじ》する。

そこにいたのは――エゼール家の魔法使いだった。

地面に魔法陣を描き、四方に生贄となる人を四名、手足を縛って口を塞《ふさ》いだ状態で転がしていた。意識はあるようで、ハイドランジアに向かって涙を流しながら何かを訴えている。

よくよく見たら、それらの人物は国王を殺そうと画策していた大臣らだった。おそらく、口封じのために囚《とら》われ、生贄にされようとしているのだろう。

彼らは別に助けなくてもいいのか。そんな考えすら脳裏を過《よぎ》っていた。

エゼール家の魔法使いは、忌々しいとばかりの視線をハイドランジアに浴びせていた。

「やはり、来たか」

「エゼール家の魔法使い、お前は、ここで何をしようとしている？」

「魔法医の権威を示すための、邪竜召喚だ」

「意味が分からない」

魔法医が必要な時代は、とうの昔に終わった。今は、回復魔法が発達しているうえに、医療も発展している。魔術医の出番は、どこにもない。

「邪竜召喚なんぞに手を染めるとはな」

「竜が万能の妙薬であることなど、知っているだろうが」

「そういう意味ではない。お前の行動のすべてが理解不能だと言っているのだ」

驚くべきことに、邪竜を召喚したあと、薬の材料にするというのだ。竜の転生体だったヴィオレットも、そのように利用するつもりだったのか。

考えただけで、ゾッとする悪辣《あくらつ》な所業だ。

「もう、遅い。召喚術は、完成しつつある」

「それはどうだろうか？」

ハイドランジアは水晶杖《クリスタルロッド》を魔法陣の線上に強く打ち付けた。一人前の魔法使いになった際、父親から譲り受けた杖《つえ》である。

二代にわたって溜《た》めた魔力が込められていた。それを、召喚術の妨害に使う。

「愚かなことを！　完成間近の術の妨害は、不可能だ！」

そう、通常ならば、不可能である。

完成しかけている魔法式は、爆弾と同じ。下手《へた》に触れると、自身の魔力が暴走して、体の組織を破壊する。自殺のような行為なのだ。

しかし、ハイドランジアは妨害できる自信があった。

それを可能とする魔力が、あるからだ。

バチンと、魔法陣が爆《は》ぜる。

同時に、ハイドランジアの杖を持つ手に衝撃が走った。

「――――ッ！」

手のひらが裂け、血が杖を伝って地面に滴る。

「ハイドランジア様！」

「ヴィー、動かず、そこにいろ！」

近づく気配を感じたので、警告しておく。

この事態に、ヴィオレットを巻き込むわけにはいかなかった。想定していたことだが、魔法の妨害は大きな衝撃を伴う。

ハイドランジアの内なる魔力は、火が付いたように燃え滾《たぎ》っていた。

今、まさに、死神の鎌《かま》が首に擡《もた》げられているような状況なのだ。

そんな状況でも、ハイドランジアは邪竜召喚の魔法式を解き、術式を破綻させる。

同時に、エゼール家の魔法使いは、魔法式を再構築させていた。

追いつかれたら、邪竜召喚は完成してしまう。

なんとしても、妨害を成功させなければならない。

喉《のど》から何かがせり上がり、咳き込む。口の中に、血の味が広がった。

もう一度咳《せき》をすると、今度は大量の血を吐きだした。

「ハイドランジア様！」

『今近づいてはならぬ！　お主の体が、散り散りになるぞ！』

ポメラニアンを連れてきて正解だった。さすがのヴィオレットも、大精霊の言うことは聞く。飛び出してくることもないだろう。

こんな時に、人の心配をするなど、らしくないとハイドランジアは思った。

思えば、結婚してから想定外の連続だった。

猫化の呪いを受けた妻ヴィオレットは、最初は反発ばかりしていた。しかし、自分の好きなことには素直で、魔法を習う時は常に嬉《うれ》しそうだった。

そんな妻が猫の姿でなくても可愛《かわい》いと思っていたのは、いったいいつからだったか。

今では、ヴィオレットなしの生活は考えられないとまで思っている。

結婚してよかった。

ハイドランジアは心からそう思う。

一つ、後悔といえば、彼女を一度も抱かなかったことだろう。

キスはいろいろと理由をつけてたくさんしたが。

家のことは、分家に任せればいい。

魔法師団は、クインスがなんとかしてくれる。きっと。

ヴィオレットも、一人ではない。

ポメラニアンが、スノウワイトが、そして、まだ見ぬ竜がいる。

実家に帰れば、家族もいるのだ。

何も、心配いらない。

だから、ハイドランジアは邪竜召喚の妨害に全力を尽くした。

ブチブチと、ハイドランジアの中にある何かが壊れていくのを感じていた。

それに伴い、召喚の魔法式もどんどん崩れていく。

最初に目が見えなくなり、耳が聞こえなくなり、感覚もわからなくなった。

立っているかも、座っているかも謎だ。

自身の犠牲と引き換えに、ハイドランジアは邪竜召喚を阻もうとしたが――邪竜召喚の魔法式は完成してしまった。

ハイドランジアは血を吐き、倒れる。

「ハイドランジア様！」

『近寄るでない!!』

ポメラニアンの制止を聞かず、ヴィオレットはハイドランジアのもとへ駆け寄る。

顔色は真《ま》っ青《さお》で、口元から血を滴らせていた。

ヴィオレットは迷うことなく、ハイドランジアの口に唇を寄せる。

口の中の血を吸いだし、手巾《しゅきん》に吐きだした。それを何度か繰り返す。

そうこうしているうちに、空には暗雲が渦巻き、雷鳴が轟《とどろ》いていた。

『おい、そのようなことを、している場合ではない。早く、ここから立ち去れ』

ヴィオレットはポメラニアンの言葉を無視し、息が詰まらないよう血を吸いだしていた。

『ハイドランジアは、もう……』

ポメラニアンは低い声で事実を教える。心音がしていない、と。

それでも、ヴィオレットは救命活動をやめなかった。

ヴィオレットの頬《ほお》に涙が伝う。

ポメラニアンは見ないふりをしていた。

ゴロゴロと鳴いていた空から、稲妻が走る。

ドン！　と、塔が揺れるほどの大きな音が鳴った。

『くうっ！』

「ッ！」

魔法陣の上に、暗雲と共に雷が落ちた。

もくもくと立ち上る雲は、生き物の形へと化していく。

それは見上げるほどに大きく、長い首にどっしりとした胴体、四つの足に長い尾を持ち、大きな翼のようなものがあった。

強い風が吹くと、暗雲が晴れていく。

そこにあるのは、圧倒的な力。

魔の化身であり、ある時は魔の王とも呼ばれた邪悪なる存在であった。

それは、邪竜。

見上げるほどに大きく、大蛇のような尾をくねらせていた。

黒い鱗の一枚一枚に棘《とげ》があり、毒を含んだ瘴気《しょうき》を纏っている。普通の人間だったら、近づいただけで死んでしまうだろう。

咄嗟《とっさ》に、ポメラニアンは結界を張ってヴィオレットを守った。

ひとまず退散を。そう思って転移魔法を発動させようとしたが、ヴィオレットがそれを拒む。

いまだ、ハイドランジアを蘇生させようと、一人奮闘していたのだ。

『なんてことを。その男は、もう……！』

ハイドランジア同様、ヴィオレットも言いだしたら聞かない。

そもそも、どうしてこのような事態になってしまったのか。

ハイドランジアの妨害は完璧だった。それなのに、邪竜は召喚されてしまった。

つまり、ポメラニアンですら想像していなかった仕掛けがあったのだ。

「ははは、はははは!!」

エゼール家の魔法使いは、邪竜召喚の成功に歓喜していた。

これで、何もかも自分の思い通りになると確信しているのだろう。その姿はあまりにも無防備だった。

ふいに、強い風が吹く。

それは、死神の鎌のように鋭いものだった。

「——なん、だ?」

エゼール家の魔法使いの首が宙に舞う。

血が弧を描き、三日月のように形を成す。花が散るように、大地に血が舞った。

邪竜の尾が、エゼール家の魔法使いの首を刈ったのだ。

飛んだ首は、邪竜が丸呑みにする。

残った体も、バリバリと音を立てて食べ始めた。

『なるほど、そういうことか……!』

邪竜召喚の術式に、術者の命も含まれていたのだ。

魔法使い自身を捧げる魔法は、いくら高位の魔法使いであっても防ぎようがない。古代の魔法式だったため、エゼール家の魔法使いは己の命をも捧げる魔法だと知らなかったのだろう。

ポメラニアンは振り返って、ハイドランジアの前で涙するヴィオレットに向かって再度叫んだ。

『ええい、そんなことをしておる場合か!!』

ポメラニアンは気づく。ヴィオレットはただ、ハイドランジアの前で泣いているわけではなかった。

ハイドランジアの血で真っ赤に染めた口元は、呪文を紡いでいる。何かの術式を展開させているようだった。

ポメラニアンはすぐさま、ヴィオレットが使おうとしていた魔法に気づく。

『やめるぞよ!!』

ポメラニアンはヴィオレットに体当たりをして、魔法の完成を阻んだ。

魔法陣は消え、ヴィオレットも倒れ込んだ。

すぐに起き上がり、ポメラニアンに抗議する。

「な、何を、しますの!?」

『それは、こっちの台詞《せりふ》ぞよ!!』

ヴィオレットが行おうとしていたのは、人体蘇生術である。術者の命を捧げるのと引き換えに、死んだ者を生き返らせる禁術だ。

前世にあった知識を利用し、ハイドランジアを生き返らせようとしていたようだ。

「わたくし、ハイドランジア様のいない世界では、生きていても楽しくありません!!」

ヴィオレットはヒステリックな様子で叫んだ。冷静さを、完全に失っている。

ポメラニアンは一喝した。

『妻の命と引き換えに生き返って、そやつが喜ぶと思っているのか!?』

ヴィオレットは唇をぎゅっと、噛みしめる。返す言葉は見つからないようだった。

『無駄に自尊心の高い男だ。衝撃を受け、引きこもってしまうかもしれん！　お前は、これを、引きこもりの、能無し男にしたいのか⁉』

「それは……」

『こいつの犠牲を無駄にするな！　お主だけでも、生きよ！』

ポメラニアンは転移魔法を展開させ、ヴィオレットだけでも逃がそうとする。

単独で、どこまで邪竜と戦えるのか。分からなかった。

千年前は、ポメラニアンの傍らに勇者がいた。

しかし今は、いない。

ただ、勇者の遺言を守り、この王都を守るしかない。

ポメラニアンは一人、邪竜と対峙する。

エゼール家の魔法使いの体を貪《むさぼ》っていた邪竜は振り返る。口元から血を、垂らしていた。牙《きば》に引っかかっているのは、千切れた腕である。

邪竜は目を細め、ポメラニアンを見つめていた。獲物を前にした獣のように、ペロリと舌なめずりしている。

『ふん。行儀が悪い』

ポメラニアンの体が、震える。恐ろしくてそうなっているのではない。

怒りで震えていたのだ。

ハイドランジアは死んだ。仇《かたき》を討たなければならない。

でないと、ハイドランジアは安らかに眠れないだろう。

友の死を、無駄にはしたくなかった。

『絶対に、赦《ゆる》さぬ!!』

叫ぶポメラニアンを、抱きしめる存在があった。

ヴィオレットである。

『お主は……逃げろと言っただろうが』

「ハイドランジア様とあなたを残して、逃げるわけにはいきません」

その瞳には、光が戻ってきていた。夫の死を前に、涙していた時とは別人のようである。

ポメラニアンの声は、ヴィオレットに届いていたのだ。

「わたくしも、戦います」

『無駄に勇敢な嫁だ。本当に、ハイドランジアにはもったいない』

邪竜に対峙するヴィオレットの姿に、かつての友であり勇者の姿を重ねる。

珍しく、ポメラニアンは感傷的になった。

しかし、暢気《のんき》に過去を振り返っている暇などない。

邪竜を倒さなければ。

『行くぞ、嫁!!』

「ええ、望むところですわ！」

エゼール家の魔法使いの体を食べつくした邪竜は、翼を広げ低く嘆くように鳴いた。

空気がビリビリと震え、地面がぐらぐら揺れる。

ポメラニアンはすぐさま攻撃に出る。

『輝きよ、降り注げ――閃光驟雨《レフレフレイン》！』

光の雨が邪竜に降り注ぐ。

邪竜は闇属性で、光魔法に弱い。千年前、ポメラニアンはこの魔法で魔王に止《とど》めを刺したのだ。

まばゆい光の光線が、邪竜の鱗を剥《は》ぐように鋭く抉《えぐ》っていく。

そこに、ヴィオレットが炎魔法を撃ち込んだ。邪竜の肉は焼け、炭と化す。

しかし、傷を負ったのと同時に、傷口が回復した。

「あ、あれは、なんですの!?」

回復魔法は光属性である。それなのになぜ、邪竜が使えるのか？

ポメラニアンは忌々しいとばかりに、呟いた。

『あれは、違背治癒《アンチヒール》ぞよ』

回復魔法は自身の魔力と引き換えに傷を治癒する光魔法である。一方、違背治癒は自身の命と引き換えに行う闇魔法だ。

竜は永遠に等しい命を持つ。そのため、違背治癒を使う竜に勝ち目はほぼない。

「竜の命が尽きる前に、こちらの魔力や体力が切れると？」

『そうぞよ！』

半ばヤケクソな気持ちで、ポメラニアンは言葉を返した。

ポメラニアンが千年前に戦った魔王は、違背治癒は使えなかった。それでも、勇者と共に苦戦を強いられた。

傷を治した邪竜が、反撃に出る。翼をはためかせ、塔の上からポメラニアンとヴィオレットを落とそうとする。

『むうっ！』

「きゃあ！」

すぐさまポメラニアンが結界を張り、風を防ぐ。

風が効かないことがわかると、邪竜は天高く舞い上がる。息を大きく吸い込み、空気中の魔力を集め闇の力に変換している。

『まずい！　あれは、竜の吐息《ドラゴンブレス》ぞよ！』

ポメラニアンの結界でも守り切れない。最悪、塔どころか、王都の半分が吹き飛ぶだろう。

『これから守れるのは、結界魔法を得意とするハイドランジアしか――』

その呟きを聞いたヴィオレットは立ち上がり、ハイドランジアのほうへと駆けていく。

にゃー！　と叫んで猫化すると、青白い顔色のハイドランジアの頬を肉球でぺちぺちと叩き始めた。加えて、叱咤《しった》もする。

『ハイドランジア様!!　いつまで寝ていますの!?　起きてくださいまし!!』

『お、おい。そやつは、もう――』

『ハイドランジア様は、生きていますわ!!　わたくしが、魔力を与えましたもの!!』

死に瀕《ひん》したハイドランジアに、ヴィオレットは自身の血を与えていた。ヴィオレットの魔力は強大で、受け入れる側に適性がないと拒絶反応を示す。

以前、ハイドランジアはヴィオレットの魔力の結晶を口にしたことがある。濃度は薄いものだったが、拒絶反応はなかった。

ただ、今回は魔力が濃い、血を与えた。体がなんともないわけにはいかない。

『受け入れた場合、体の魔力構成も変わっていると思います。新しい、ハイドランジア様になっているはずです』

『なるほど！　ならば今は、仮死状態になっている状態か！』

『おそらく、ですけれど』

ポメラニアンもハイドランジアのもとに駆け寄り、頬を肉球でぺちぺちと叩く。

ヴィオレットとポメラニアンは、ハイドランジアの頬を肉球でペチペチ、ペチペチと打ち、衝撃を与えていく。

『おい、起きろ！　このぐっすり快眠エルフが！』

『そうですわ！　ハイドランジア様、今起きたら、好きなだけ、わたくしを撫《な》でてもかまいませんことよ!!』

ヴィオレットの叫びに反応するかのように、ハイドランジアの睫毛《まつげ》が揺れた。眉《まゆ》がピクピクと動く。

眉間《みけん》にぎゅっと皺《しわ》がより、唸るような声で「うるさい」と呟いた。

『ハイドランジア!!』

『ハイドランジア様!!』

ポメラニアンとヴィオレットが、同時に名前を呼んだ。

ハイドランジアは、目を覚ます。

「うう……私は……」

『おい、今すぐ王都全体を覆いつくす結界を展開させろ！』

「は？」

『いいから早く』

『ハイドランジア様！　お願いいたします』

「ヴィー……。分かった」

ハイドランジアは実に物分かりのいい男だった。すぐさま起き上がり、右腕にヴィオレット、左腕にポメラニアンを抱き、結界を展開させる。

王都の至る場所に埋めている魔法の薔薇《ばら》の魔力を解放させ、王都全体を包むような結界を発動させた。ハイドランジアはずっと、何かあった時のために、仕掛けを用意していたのだ。

邪竜の吐息《ブレス》が吐き出されたのと同時に、結界が完成する。

光の膜が、王都全体を覆った。

邪竜の吐息は、王都を黒く塗りつぶすかのように広がっていく。

それを、ハイドランジアの結界が弾き返した。

ビリビリと音をたて、結界は震えていた。

ハイドランジアの額にはびっしりと汗が浮かび、頬に滴っていく。

「くっ……！」

邪竜の魔力を吐き出す吐息は、ハイドランジアの結界に罅《ヒビ》を入れた。このまま壊れるかと思いきや、ハイドランジアは結界にさらなる魔力を注ぎ込む。

罅は修復され、さらに強度を増す。

しかし、今度は邪竜が結界に体当たりをしてきた。何度も何度も体を打ち付けてくる。

大地は激しく揺れ、術を展開させるために必要な集中力が途切れかけていた。

結界の強度が安定しない瞬間を狙い、邪竜は吐息《ブレス》をぶつける。

とうとう結界は消えてしまった。

邪竜は勝利の雄叫《おたけ》びを上げ、空高く舞い上がる。

そして、今度は闇の大魔法を展開させようとしていた。

『あ、あれは！』

『なんですの？』

「闇の行軍……魔物を召喚する闇の上位魔法だ」

『なんですって⁉』

この魔法が展開させたら、王都中魔物だらけとなる。なんとしてでも、阻まなければならない。

『邪竜……赦しませんわ‼』

ヴィオレットは勇ましく叫んだ。その声に応《こた》えるように、パキンと何かが割れる音がした。

『むう？』

『なんの音ですの？』

パキン、パキンと続けざまに割れる音がする。それは、ポメラニアンの背中から聞こえていた。

ハイドランジアは、腕に抱くポメラニアンを凝視しながら言った。

「竜の卵が――割れた」

パキ、パキパキパキパキ、パリン‼

ガラスが割れるような音を立てながら、竜の卵が割れた。

口で突いていたのか、人差し指と親指を丸めたくらいの穴が開いている。

ポメラニアンの背中で、竜が誕生したのだ。

心配そうに、ヴィオレットが覗き込む。

すると、鼻先を出してくる。白い鱗に覆われており、鼻の先端は薄紅だった。

ヴィオレットが顔を近づけると、ペロリと舐《な》める。

『きゃっ！』

その声に驚いて、今度は殻の穴から目を覗かせる。

澄んだ空のような、美しい青い目がヴィオレットを見ていた。

『キュン？』

愛らしい鳴き声に、ヴィオレットの驚きはすぐに解かれた。

うわごとのように、『なんて可愛いの』と呟いている。

『キュキュ、キュウウン』

『なんと言っている？』

『卵から、出たい？』

「おい、そんなことを今、話している場合か！」

『ですが、苦しげに聞こえて』

「ええい！　ふんぬ!!」

ハイドランジアは殻を二つに割り、竜を外に出してやる。想像以上に硬かったが、気合いで割った。

竜の子は成人男性の手のひらくらいの大きさだった。

まるまるとしていて、目はくりっとしている。長い尾の先まで、きれいな白い鱗が生えていた。

竜の子は『キュン』と鳴くと、バサバサと翼をはためかせ空を飛ぶ。

『まあ、あなた、危ないですわ！』

『いったい、何をするぞよ!?』

ハイドランジアは手を伸ばしたが、竜の子の捕獲に失敗する。空を飛ぶ魔法を展開させようとしたら、ポメラニアンに止められた。

『おい、止めろ！　お前は、高所恐怖症エルフだろうが！』

「一分くらいであれば、耐えられる！」

そうこう話している間に、邪竜の『闇の行軍』の魔法式は完成していく。

詠唱を邪魔しようと魔法を放つが、すさまじい濃度の魔力に弾き返されてしまうのだ。

そんな状況の中、淡く光る竜の子が、邪竜に向かって飛んでいた。

『あなた、戻ってきなさい!!』

ヴィオレットの声には反応し、振り向く。だが、言うことは聞かず、『キュン』と鳴いたきり、再び邪竜のもとへと飛んでいく。

ついに、邪竜との距離が五一米突《メトル》まで近づいた時、竜の子は魔法陣を展開させた。

『キュキュ、キュンー！』

歌うように、呪文を詠唱する。魔法陣はみるみるうちに大きくなり、邪竜の大きさ以上にまでなった。

『あ、あれは、なんですの？』

『ま、まさか！』

「伏せて、目を閉じろ！」

ハイドランジアはヴィオレットとポメラニアンを胸に抱き、庇《かば》うように姿勢を低くした。

それと同時に、周囲が光に包まれる。

『キュキュキュ、キュ〜ン！』

聖なる祝福《ホーリーギフト》。

光魔法の最上位で、悪しき存在《もの》すべてを滅する。

天も、地も、人も、魔物も、ありとあらゆる存在は浄化される、奇跡の中の奇跡の魔法だ。

光はなかなか収まらない。そんな中で、邪竜の断末魔が聞こえる。

そして――地上に舞い降りた絶望、邪竜は滅することとなった。

◇◇◇

その後、魔法師団の団員の安否確認が行われた。

邪竜召喚時に、団員の命も魔法式に加わっていたが、誰一人命を落としていなかった。

ハイドランジアがいち早く、団員の命を邪竜召喚の対価の中から外していたのだ。

そのため、代わりにエゼール家の魔法使いの命が対価と成り代わってしまったのだろう。

完全に、自業自得であった。

王太子マグノリアも帰国し、王宮の者達の幻術も解かれた。

国王の振りをしていたトリトマ・セシリアは、騎士隊に捕らわれる。

「クソ！　どうしてこんなことになった！　俺《おれ》は悪くない！　悪いのは、俺を唆《そそのか》したエゼール家の魔法使いだ！　あいつだけを、捕らえるんだ！」

「いいから、まっすぐ歩け」

「クソがーー!!」

トリトマ・セシリアは処刑すべきだという声が上がったが、待ったをかけたのはマグノリア王子だった。

死ぬよりも、生きることのほうが辛《つら》い。

そんな彼は、終身刑を言い渡されたようだ。最低限の食事と生活環境の中で、長い人生を生きることとなる。同情の余地は欠片《かけら》もなかった。

こうして、ヴィオレットの父、シラン・フォン・ノースポールにとっての長い戦いは幕を閉じた。

もう、二度とこのようなことがあってはならない。

ハイドランジアが行ったのは、輪廻《りんね》転生の流れを断つこと。禁術であったが、致し方ない。

前世に未練や恨みがあった者の野心が、今回の事件を引き起こしたのだ。

国王からも許可を貰《もら》い、トリトマ・セシリアとエゼール家の魔法使い二人の、来世への魂の流れを、完全に断った。

これからは前世に囚われず、新しい命となって生まれるだろう。

願わくば、幸せに生きていけるように。ハイドランジアは散った命へ願った。

生まれた竜の子は、前世の記憶はなく、子どものように無邪気だ。ヴィオレットを母親だと思っているようで、ひと時も離れようとしない。

つい先日、成獣となったスノウワイトは、ヴィオレットを取られたようで面白くない。しかし、竜の子が姉のように慕うので、ここ最近はだんだんと絆《ほだ》されつつある。

事件は解決し、実家であるノースポール伯爵家を脅していたトリトマ・セシリアはいなくなった。

猫化の呪いも勘違いだったことが明らかとなり、「にゃ～」と鳴けばいつでも変化できる。

もう、ヴィオレットに憂い事はなくなった。

ハイドランジアとヴィオレットは、喜びの抱擁を交わす。

もう、二人の間に障害はない。

安堵《あんど》の視線を交わし、そして、口付けをした。

第四話　お疲れエルフと、頑張る嫁

すべての問題が片づき、やっとのことでハイドランジアは帰宅できた。玄関先で待っていたのは、ヴィオレットである。

「ハイドランジア様！」

駆け寄って、ぎゅっと抱きついてくる。ハイドランジアは久しぶりの妻の抱擁に、ホッと安堵《あんど》の息をはいた。

「何日も帰らないものですから、心配しておりました」

「ヴィー、すまなかった」

想定していた以上に、乗っ取られた王城と魔法師団本部は悲惨な状態だった。建物は破壊され、結界は壊され、魔法師団の師団員の魔力は底を尽きかけている。

元気に働ける者は、ハイドランジア一人だけだった。

帰国してきたマグノリア王子からは質問攻めに遭い、夜もほとんど眠っていない。

ドロドロに疲れた状態で帰ってきたが、ヴィオレットをひと目見て触れ合っただけで疲れが吹き飛んだ。

そんなことを口にすると、ヴィオレットは甘い表情を――見せなかった。

「ハイドランジア様、今すぐお休みになってくださいまし！　顔色が、とっても悪いですわ！」

「しかし、しばらく戻ってこなかったゆえ、仕事も溜《た》まっているだろう？」

「それは以前、わたくしにお任せくださいましたよね？　ハイドランジア様しか判断できないものを除いて、すべて片づいております。重要書類も、今晩中に決裁しないといけないものはありませんでしたわ」

ヴィオレットはハイドランジアの背後に回り、背中をぐいぐい押してくれる。寝室に向かわせようとしているのだろう。

今日《きょう》ばかりは、ヴィオレットに従ったほうがいい。ハイドランジアはそう思い、彼女の誘導に身を任せた。

妖精《ようせい》の用意した風呂に入り、ゆっくり湯に浸かる。その後、妖精にガシガシと力いっぱい体を磨かれた。

「痛い、痛い、痛い!!」

体が真《ま》っ赤《か》になるほど磨いてくれるのは、いつものことだ。何度洗ってもらっても、まったく慣れない。

しかし、風呂から上がると痛みはなくなり、すっきりするので毎回不思議に思っている。

絹の寝間着を着ている間に、妖精達が髪を乾かしてくれる。

今晩はゆっくり休んで、明日《あす》からまた頑張ろう。そんなことを考えながら寝室に戻ると、ヴィオレットがいたので驚いた。

なぜと問う前に、ヴィオレットは傍《そば》に寄ってハイドランジアの腕を引きながら寝台へと誘う。

「ハイドランジア様、お夕食の準備をしていただきました」

寝台に取り付ける机が出されており、そこに食事が用意されていた。

「病人ではあるまいし」

「顔色は真《ま》っ青《さお》で、元気がなくて、病人のようでしたから」

拒否はできないようだ。ヴィオレットの誘導で寝台に上がる。

「さあ、ハイドランジア様。温かいスープを召し上がって、体内から温めてくださいまし」

夕食はまだだったが、食欲はなかった。じっとスープを眺めていたら、ハイドランジアより先にヴィオレットがスプーンを手に取る。

そして、スープを掬《すく》うと、零《こぼ》れないよう手を添えながらハイドランジアに「あ〜ん」と言って差し出してきたのだ。

「なっ、ヴィー！　じ、自分で、食べられるから」

「食べる気を感じませんでしたので」

ヴィオレットにはバレていたようだ。こうなったら、大人《おとな》しく食べるしかない。諦《あきら》めの境地で口を開くと、ヴィオレットは優しくスープを飲ませてくれた。

長時間煮込んで潰《つぶ》した野菜を、ミルクと一緒に煮込んだスープである。ローダンセ公爵家伝統のスープだったが、いつもよりおいしく感じた。きっと、ヴィオレットが飲ませてくれたからだろう。

「あとは、自分で——」

「いいえ。わたくしに、お任せください」

ヴィオレットは二口目のスープを掬い、ハイドランジアへと差し出す。

抵抗せずに、大人しく飲んだ。

「ハイドランジア様、いい子ですわ」

思いがけない褒め言葉に、胸がきゅんと切なくなる。

人生を振り返ってみたら、誰《だれ》かに褒められた記憶などなかった。

スープを飲んだだけで褒めてくれる妻は、最高だとハイドランジアは考える。

だから、三口目も、四口目も、ヴィオレットにスープを飲ませてもらった。

夕食が終わると、今度は肩を揉《も》むとヴィオレットは言いだした。

「ヴィー、そこまでしなくても」

「でも、ハイドランジア様のお体、絵本で見た蝋《ろう》人形のようにカチコチでしたわ」

「蝋人形……」

言われてみたら、肩が凝っているような気がした。じくじくと、鈍痛を訴えている。仕事のしすぎなのだろう。

「しかしヴィー、どこで肩揉みなんか覚えてきたのだ？」

「お兄様がよく、お仕事のしすぎで肩を痛めていましたの。それで――」

「それで？」

「お兄様に触れた瞬間、猫化してしまい、何もできずに終わっていましたわ」

「だろうな」

ヴィオレットは当時を思い出したのか、しょんぼりと肩を落とす。大切な家族のために、何かしたかったのだろう。

肩の凝りくらいであれば、回復魔法で治せる。けれど、今回はヴィオレットに任せることに決めた。

「では、ヴィー、頼めるだろうか？」

嬉《うれ》しそうに頷《うなず》き、弾んだ声で言葉を返した。

「はい、わたくしに、お任せくださいませ！」

ヴィオレットが寝台に乗ると、ギシリと音が鳴った。なんとなく、滅多にない状況なのでハイドランジアは緊張してしまった。

変な気を起こさないよう、素早くヴィオレットに背中を向けた。

ドキドキと、胸が高鳴る。いったい、どのような肩揉みをしてくれるのだろうか。

ヴィオレットの握力は強いのか、弱いのか。まったく、想像できない。

ハイドランジアの肩に、ヴィオレットの指先がそっと添えられる。それだけで落ち着かない気持ちになったが、さらにとんでもないものが背中にのしかかる。

むに、と、夢のように柔らかな何かが、ハイドランジアの背に押しつけられたのだ。

この感触には、覚えがあった。

ヴィオレットと初めて出会ったときに、腕に押しつけられたものと同じ。

なぜ、肩を揉むだけなのに、接触してしまったのだろうか。答えは一つしかない。ヴィオレットのそれが、大きいからなのだろう。

この状況は、非常にマズい。どうにかしなければ。

なんて申告したらいいのか。ハイドランジアは頭脳を最大限に回転させて考える。

「では、ハイドランジア様、始めますね」

考え事をしている間に、ヴィオレットにより肩揉みが始まってしまった。

ぎゅ、ぎゅと肩を揉まれるたびに、むぎゅ、むぎゅっと胸が背中に押しつけられる。

「う、ううっ……！」

「ハイドランジア様、痛かったですか？」

「いや、痛くない」

強くもなく、弱くもなく。ほどよい圧力が、肩に伝わっていた。問題は、そこではなかったのだ。

「では、もう少し続けてみますね」

いや、もういい。そう答える前に、ヴィオレットは肩揉みを再開させる。

もう、肩が痛いかどうかなど、よく分からなかった。全神経は、背中にあった。

「ハイドランジア様、いかがですか？」

「爆発しそうだ」

「え!?　だ、大丈夫ですの？」

「いや、分かりやすく言えば、心地よい、という意味だ」

「そ、そうでしたの？　だったら、よかったですわ」

その後も、ヴィオレットの健気《けなげ》な肩揉みが続く。

天国か地獄か、よく分からない状況に、ハイドランジアは心の中で涙していた。

「……ふう。ハイドランジア様、こんな感じで、いかがでしょうか？」

「ありがとう、ヴィー。よかった……ではなくて、よくなった気がする」

「お役に立てて、嬉しいですわ」

ヴィオレットは達成感を胸に、帰っていった。独り残されたハイドランジアは、虚空を見つめる。

肩の凝りは解れたが、何か別のものが大変な状態になっている。

どうしてくれるのか。泣きつく相手もおらず、眦《まなじり》に涙を溜めながら眠るハイドランジアであった。

第五話　恐々エルフと、好奇心旺盛な嫁

ハイドランジアはヴィオレットに正式な妻になってもらうよう、求婚することを決意する。

これまで愛は告げていたものの、はっきり「結婚してほしい」という言葉は口にしていなかったのだ。

「求婚と言えば、指輪だ。ヴィーにはルビーがよく似合う。まず、鉱山に行って幻の『血濡《ちぬ》れルビー』を採掘しなければ!!」

『この、大馬鹿者《おおばか》が!!』

ポメラニアンが跳び上がり、肉球でハイドランジアの頬《ほお》を叩《たた》く。

「ぶはっ！　痛いぞ！　何をするのだ！」

『それは、こっちの台詞《せりふ》ぞよ!!　この世界のどこに、血濡れた色合いのルビーを貰《もら》って喜ぶ女がいるというのだ!!』

「贈るならば、世界一珍しいルビーがいいと思ったのだが」

ちなみに、『血濡れルビー』は大変稀少で、宝飾店で取り扱いはされていない。市場には出回っていないため、探しに行く決意をしていたようだ。

『お前、そのルビーの謂《い》われを知らないとは言わぬよな？』

「世界一美しいルビーで、誰《だれ》もが手にしようと望んだ、という話しか知らないが？」

『馬鹿者が！　かのルビーは、呪《のろ》われているのだぞ！』

「呪い、だと？　そんなの、どの呪いの本にも載っていなかったが？」

ハイドランジアはヴィオレットの呪いを調べるため、ありとあらゆる魔法書を読みあさった。おかげで、国内一呪いに詳しい魔法使いになってしまった。

そんなハイドランジアでさえ、ルビーの呪いについては初耳である。

『血濡れルビーに関わった者すべてが、血濡れルビーに呪われて、壮絶な死を迎えるからぞよ』

術者が呪ったならまだしも、血濡れルビーに関わっただけで呪われるというのはおかしい。呪いの道具というものもあるが、元を辿《たど》れば呪いをかけた者が存在する。

そんな中で、血濡れルビーは呪った術者もなしに、人々を呪っていくのだという。

「それは、どういうことなんだ？」

ポメラニアンが低く、おどろおどろしい声で話し始める。

『血濡れルビーが発見されたのは、五百年以上も前。拳《こぶし》よりも大きな原石を発見した者は、巨万の富を得た。しかし、賊に襲われ、一家は血の海の中で発見される』

「わかった。もう、いい」

『待て待て。まだ序盤の序の字も語っていないが』

「どうせ、さまざまな人の手に渡った血濡れルビーの持ち主になった者は、壮絶な死を迎えるのだろう？　聞くだけ無駄だ」

『へたれが』

「どうとでも言うがよい」

血濡れルビーについて研究した学者も、魔法使いも、手にした王女でさえ、血濡れで発見される。

そのため『血濡れルビー』と呼ばれるようになった。

『関わった者すべてが、死する呪われた宝石――それゆえに、研究書は残っておらず、噂話《うわさばなし》のようなものしか、残っていないぞよ』

人々の血を浴びて輝きを増したルビーは、最終的に世界的にも有名な富豪の手に渡った。しかし、これまでの持ち主が惨死している情報を耳にすると、即座に売りに出した。けれど、血濡れルビーは有名になりすぎて、欲しいと望む者は現れず――。

『結局、富豪の男は死を恐れて、博物館に寄贈したようだ』

「なるほどな」

『だが、話はこれでめでたし、めでたしではない』

「おい、もういいと言っているだろうが」

『いいから、オチだけ聞くぞよ』

ポメラニアンの言葉に、ハイドランジアはため息を返す。

『博物館は創立百周年記念の目玉に、血濡れルビーを選んだ。呪われた謂われを持つ血濡れルビーをひと目見ようと、大勢の人達が押しかけた。しかし――』

血濡れルビーを見た者全員が、目眩《めまい》、吐き気などを訴え、失神する者も続出した。人の多い博物館は、混乱状態となる。

『これらも、血濡れルビーの呪いだと、囁《ささや》かれていた』

その後、博物館は血濡れルビーの展示をやめた。

以降、人の血で輝きを増した宝石は、表舞台から姿を消す。今、世界のどこにあるのか。分からないらしい。

『もしかしたら、知らないうちに血濡れルビーを手にして、自ら破滅の道へ進む状況にある者が、どこかにいるのかもしれないぞよ』

ゾッとしてしまうような話だった。知らずに、ヴィオレットの指輪に使おうと探すところであった。ハイドランジアは震える肩を抱き、なんとか忘れるように努める。


しかし、事件はその晩に起きた。

先触れもなしに、マグノリア王子が訪問してきたのだ。竜の子を胸に抱いたヴィオレットと共に、客間で迎える。

「すみませんね、新婚の家に押しかけてしまって」

「まったく、その通りだ」

まだ、初夜すら終わっていないハイドランジアとヴィオレットである。

ハイドランジア的には、きちんとヴィオレットに求婚し、その後、兄に結婚の承諾を得て、最後にシランの墓前で挨拶《あいさつ》してからだと考えている。

単に、いくじがないのでヴィオレットを抱いていない、というわけではないのだ。

「それにしても、伝説の幻獣である竜が、本当に実在していたなんて」

ヴィオレットに抱かれた竜の子は、ピーピーと寝息を立てて眠っていた。

「非常に、興味深いです」

マグノリア王子の瞳《め》が怪しく光っていたので、ハイドランジアは接触を禁じた。

「して、何の用事だ？　どうせ、しようもない問題を持ち込んだのだろう？」

職場でも会えるのに、多忙なマグノリア王子が直々にやってきたのだ。もはや嫌な予感しかしないハイドランジアである。

「忙しいのではなかったのか？」

「忙しいです。けれど父上が、どうしてもハイドランジアに見てほしいと訴えている品があって、一刻も早いほうがいいと騒ぐものですから」

笑顔を浮かべていたが、内心笑っていないことは百も承知である。国王は、息子の裏の顔に気づいていないので、強く頼めたのだろう。

「早速ですが、ご覧になっていただけますか？」

マグノリア王子は側近に目配せし、王宮から持ってきた品をテーブルに置かせた。

包みを開くと、宝石箱が出てくる。

「なんだ、これは？」

ハイドランジアは眉間《みけん》に皺《しわ》を刻みながら、妙に豪奢《ごうしゃ》な細工がなされた宝石箱を覗《のぞ》き込む。

「血濡れルビーです」

マグノリア王子の返答を耳にした瞬間、ハイドランジアの動きがぴしりと固まった。代わりに、ヴィオレットは喜々として覗き込む。

「まあ！　あの伝説の、呪われた宝石、血濡れルビーですって⁉」

「ご存じでしたか」

「もちろんですわ‼」

父シランから、寝物語として聞かされていたようだ。ハイドランジアは内心、夜、子どもに聞かせる話ではないだろうと思った。しかし、ヴィオレットが嬉《うれ》しそうにしているので口は挟まないでおく。ヴィオレットがきゃっきゃと嬉しそうに話していたものの、眠っている竜の子は目覚めそうにない。その太い神経を、羨《うらや》ましく思う。

「それにしても、このような物騒な品を、いったい誰から受け取ったんだ」

「残念ながら、分からないんです。宝物庫の確認係が、見覚えないこの宝石箱を報告したことから、明らかになったのですが」

宝石箱に収められていたのは、息を呑《の》むほど真《ま》っ赤《か》なルビーがあしらわれた首飾りだった。国王が所蔵する宝物目録にも記録がなく、いつ、どこで、誰から受け取ったかも記憶にないらしい。

「ルビーを見た父が、血濡れルビーに間違いないと騒ぎまして……」

鑑定師を呼んで調べさせたが、伝説の宝石の真偽など分かるはずもなく。

「ひとまず、本物かどうか見極めなくてもいいので、このルビーに呪いがかかっているか否か、確認していただけますか?」

ハイドランジアは即座に「断る」と口にしようとした。しかし、ヴィオレットがこれまでにないほど、キラキラな瞳で見つめていたのだ。

マグノリア王子の期待は裏切っても、ヴィオレットの期待は裏切りたくない。

ハイドランジアは唸《うな》るような声で、「分かった」と口にした。

ひとまず、触れる前に魔力を探ってみる。宝石はその昔、裕福な貴族が魔石として使っていた代物である。魔石同様、魔力を溜《た》める性質があるのだ。

探ってみたが、大きな魔力が封じられているわけではない。

魔法で光り球を作りだし、ルビーに当ててみる。すると、輝きが反射して、部屋全体が真っ赤にそまった。

「こ、これは！」

「なんて、きれいですの!?」

ハイドランジアは「恐ろしい」と言いそうになっていたが、ごくんと呑み込む。

彼の世界では、ヴィオレットの発言がもっとも正しいことなのだ。

「なるほど。ルビー自体が持つ魔力反応で、このようになるのですね。実に、興味深い」

普通のルビーと違うことは確かであった。

「ポメラニアンに見てもらおう」

生きる伝説であるポメラニアンならば、これが血濡れルビーかどうかわかる。

「大精霊ポメラニアンよ、こちらに参れ！」

部屋はシーンと静まりかえっている。ハイドランジアはゴホンと咳払《せきばら》いし、もう一度「ポメラニアン、来い！」と叫んだ。けれども、ポメラニアンは現れない。

「もしかしたら、散歩に出かけているのかもしれませんわね」

「あいつは、どこにいても私の声が聞こえるはずなのに」

生まれた時から一緒にいるのに、いつまで経《た》っても仲良くできない。非常に癖のある大精霊である。

たとえ猫の姿であっても、打ち解けることはできないだろう。

念のため、ヴィオレットが呼んでみる。

「ポメラニアン、どこにいますの？」

『ここだ』

絨毯《じゅうたん》に魔法陣が浮かび、ポメラニアンが姿を現す。

「お、お前!! なぜ、私の呼びかけには応じずに、ヴィーの呼びかけだったらやってくるのだ!?」

『気のせいだろう』

「そんなわけがあるか！」

本当に、生涯において仲良くなれる気がしない。ハイドランジアは額に青筋を立てながら確信していた。

『それで、何用ぞよ？』

「大精霊ポメラニアン、この宝石を見ていただきたいのです」

『これは、血濡れルビーではないか！』

「やはり、そうでしたか」

『これを、どこで見つけたのだ？』

「いつの間にか、国王の宝物庫に置かれていたそうです」

『呪いの宝石に相応《ふさわ》しい、登場の仕方だ』

ポメラニアンはテーブルに飛び乗り、ジッと血濡れルビーを見つめる。

『ふむ。別段、呪われているようには見えぬが……』

いくら人の血を浴びても、魔法も何もかかっていない宝石に呪いなんて存在するわけがない。世の中に、摩訶不思議な現象など起きないのだ。ハイドランジアは、そう自身に言い聞かせる。

「しかし、伝承では、大勢の所持者が亡くなっているのですよね？」

「その件について、わたくし調べたことがありますの」

ヴィオレットが挙手しながら、話し始める。

「この血濡れルビーは、世界一大きなルビーとも呼ばれていまして――」

採掘したのは、ローグ・フォートゥという男らしい。

「なんでも大量の借金があり、ルビーを採掘して巨万の富を得たのに、借金を返済しなかったようで」

金を貸した者は借金取りを雇って返済を命じたが、一向に応じず……。最終的に、ならず者を雇って借金を回収させようとしたが、ローグ・フォートゥの贅沢《ぜいたく》な暮らしを見た瞬間にならず者は仕事を忘れた。

ローグ・フォートゥを襲い、全財産を奪って逃走した。

「――というのが、一連の事件だったようで」

「呪いでもなんでもないですね」

その後、血濡れルビーの原石は宝石職人の手によって加工され、首飾りや耳飾り、胸飾りなどに形を変えていく。

「その後の持ち主も、壮絶な死を遂げているようですが、すべて原因があったようで」

恨みを買った者、高慢に振るまった者、人の命を金で売買していた者に、裏切りを働いた者。血濡れルビーの持ち主になった者達は、もれなく誰かに殺意を抱かせるような愚かな行為を働いていたのだ。

「つまり、血濡れルビーに呪いなんてないと」

「ええ。わたくしはそのように、考えております」

博物館で起きた騒ぎも、単に人をぎゅうぎゅうに入場させたために起きた体調不良だろうと、ヴィオレットは推測していたようだ。

『どの時代も、恐ろしいのは呪いや魔物の類《たぐい》ではないぞよ。もっとも恐ろしいものは、他《ほか》にある』

「何が、もっとも恐ろしいのだ？」

『人に決まっているだろうが。人以外に、欲深い生き物を、我は知らんぞよ』

「それは、確かにそうかもしれませんね」

マグノリア王子は目配せして、血濡れルビーを包ませる。そして、笑顔でハイドランジアに差し出した。

「なんだ？」

「結婚祝いです」

「ちょっと待て。それは、国王陛下の宝物庫にあった品だろうが」

「父上が、気持ち悪いので、処分してくれと言っていたものですから」

マグノリア王子は、実にいい笑顔で血濡れルビーをハイドランジアへ押しつける。

「呪いはないと分かったので、いいではないですか」

「よくないだろうが」

「大丈夫ですよ。大精霊ポメラニアンの、呪われていないというお墨付きですから」

マグノリア王子は血濡れルビーをハイドランジアに手渡し、清々《すがすが》しいような表情となる。

「さて、帰りますか」

「お前な……！　その根性は、いったい誰に似たのだ？」

ぽややんとした国王の血筋とは思えない。

「お師匠様かと」

マグノリア王子の師匠は、ハイドランジアである。文句を言おうとした瞬間、客間からマグノリア王子が退室していった。

ポメラニアンもハイドランジアを鼻先で笑ったあと、転移魔法を使って姿を消す。

「あ、あいつら、私を、馬鹿にしよって……！」

ハイドランジアを励ますように、ヴィオレットがハイドランジアの腕にそっと手を添える。怒りの感情が、即座に消えてなくなった。

「ハイドランジア様、このルビーは、いかがなさいます？」

「そうだな」

普段使いをするには、あまりにも謂われが不吉すぎる。

呪いはないが悪事に手を染めた者達を魅了する何かがあるのは、間違いないだろう。

「こうなったら、庭に埋めるか……」

「ハイドランジア様、それはいくらなんでも」

『キュン、キューン！』

いつの間にか、竜の子が目覚めていたようだ。何やらジタバタと、暴れている。ヴィオレットが長椅子に下ろすと、まっすぐ血濡れルビーが入った木箱に向かっていった。

「ちょっと、あなた、それは――」

『きゅん、きゅん！』

開けてくれと訴えているように聞こえたので、ハイドランジアはしぶしぶ包みを開いた。宝石箱の蓋《ふた》を開くと、竜の子は宝石を掴《つか》んで頬擦《ほおず》りする。

「もしかして、血濡れルビーを気に入りましたの？」

「みたい、だな」

白竜は聖なる象徴である。呪われた宝石とは不釣り合いだった。

宝石には、魔力が多く込められている。歴史ある血濡れルビーには、竜が好ましく思うレベルの魔力が含まれているのだろう。

「しかし、ここまで気に入ったのならば、与えてやるしかないな」

「ハイドランジア、よろしいのですか？」

「ああ。さすがの血濡れルビーも、聖なる竜相手に呪いは発揮しないだろう」

「それも、そうですわね」

その日から、血濡れルビーは竜の子の首に提げられるようになった。

以降、血濡れた事件は起きず、ローダンセ公爵家は平和な日々が続いていた。

第六話　求婚エルフと、ハラハラ嫁～領地での思いがけない大事件を添えて～

冬は過ぎ去り、暖かな春となる。

雪は解け、大地には若葉と花々が咲き誇っていた。

ハイドランジアとヴィオレットは、新しく作った馬車に乗ってある場所を目指していた。

馬車は新車で、車内はピカピカだ。スノウワイトも入れるようにと、可能な限り大きく作った。しかしながら、出発する当日になって、スノウワイトが外出したくないと拒否したのだ。

幸い、スノウワイトは使用人に世話をさせることを許している。留守番もお手の物だ。

ポメラニアンも、スノウワイトと同じく留守番である。彼の場合は、用事があれば召喚できる。そのため、旅行についていくか聞かずに出発していた。

「それにしても、スノウワイトったら、お留守番したいだなんて。せっかくハイドランジア様が、スノウワイトが乗れる大きな馬車をお作りになったというのに」

ついてきたのは、竜の子だけだった。今日《きょう》もヴィオレットの膝《ひざ》の上で、『キュンキュン』鳴いて甘えている。

「ヴィーの護衛をさせるつもりだったのだがな」

「今ではもう、ただの大きな家猫ですわ」

「そういう性格なのだから、仕方がない」

巨大な家猫は、ハイドランジアにとっても、ローダンセ公爵家で働く者達にとっても癒《い》やしであった。今ではなくてはならない存在である。

「それにしても、旅行だなんて、初めてですわ」

新婚旅行と称し休日を取ったわけだが、ヴィオレットにはまだ求婚できていない。

つい先日、ヴィオレットの兄であるノースポール伯爵からは結婚の許可が下りた。

まだ、ヴィオレット自身には言えずにいる。

改めて、「結婚してくれ」という一言が、なかなか本人を前にしたら出てこないのだ。

「ハイドランジア様には、感謝をしておりますわ。父のお墓参りも、ずっと行きたいと思っていましたの」

瞳《め》を潤ませるヴィオレットの肩を、ハイドランジアは優しく抱いた。

夫婦を乗せた馬車が向かう先は、ヴィオレットの実家であるノースポール伯爵家の領地である。そこに、父シランの墓があるのだ。

王都周辺は墓地の土地代が高い。そのため、領地で眠ることを生前から望んでいたらしい。

「墓の土地代まで、節約していたとはな」

「当時のノースポール伯爵家の財政は、厳しいものでしたから」

そこには、亡くなったヴィオレットの母親の墓もあるらしい。きっと夫婦二人、のんびり穏やかに過ごしているだろうと、切なげに語っていた。

「領地は、どんなところなのか。とても、楽しみですわ」

「そうだな」

馬車は進む。整備された街道を、まっすぐに。

夕暮れ時に、一日目に宿泊する街に辿《たど》り着いた。

そこは街に広い運河が通っており、船でさまざまな場所に移動できる。船の上で品物を売る商店も、名物の一つだ。

御者に荷物を預け、ハイドランジアとヴィオレットは夜になるまでしばし街を散策する。

竜の子を抱いて歩くのは大変なので、ハイドランジアが小脇《こわき》に抱える。スノウワイトと違って、竜の子は人見知りしないのでありがたい。

ヴィオレットは初めて訪れる街に、瞳を輝かせていた。

「ハイドランジア様、見てくださいまし。船で、食事を売っているようです」

船上で行う宴会が流行《はや》っているようで、あちらこちらの船で飲み食いが行われている。

船上にいる男が、商人から買ったスープを飲み干すと運河に捨てた。

「まあ！　ハイドランジア様、あちらの方、器を運河にお捨てになりましたわ。あ、あちらの方も。どうなっていますの？」

「あれは、魔法で作った器なんだ」

「魔法の器、ですか？」

「ああ。運河の水に浸かると、溶けるようになっている。また、水質浄化魔法がかかっていて、捨てれば捨てるたびに、運河の水がきれいになるようになっているのだ」

「そうですのね。驚きましたわ」

魔法の器は、最近新しく発明された魔道具である。安価で作れることから、瞬く間に広がった。

「皿洗いを雇うよりも、魔法の器を買ったほうが安い。だから、この町では広く普及している」

「運河がきれいになるだけでなく、人件費もかからないと。とんでもないことを考える人がいたものですわ」

そもそも、魔法の器が発明されるまで、本物の器を捨てていた。それが原因で運河の水質は悪くなり、食べ残しのせいで悪臭を放つようになったのだ。おまけに、運河の底は皿の欠片《かけら》が溜《た》まって流れが悪くなってしまった。このままでは、運河が使えなくなってしまう。

「そこで、街の者は王都の役人に泣きついたのだ」

誰《だれ》もこの街を治める領主の話を聞かない上に、事の重大さに気づいていなかった。

ただ、運河が汚染されたのは街の者達の責任で、自分達でどうにかするように、というのが国の返答であった。

しかし、これは大変な問題であった。仮にこの街の運河が使えなくなったら、王都に出荷される野菜や肉が、十分に届かなくなる。

そのことにいち早く気づいた一人の魔法使いが、三日で作ったのがこの魔法の器だったわけだ。

「特殊な呪文《じゅもん》が刻まれていて、料理や酒、水を入れずとも溶けないが、運河の水にだけ反応して溶けるようになる」

「魔法の器を作ったお方は、お優しく、聡明なだけでなく、天才ですのね。心から、尊敬いたします」

それだけでなく、皿に残った食べ残しを食料にできる魚も放った。現在、運河の水は飲料水にできるほど透明で、澄んでいる。

「きっと、その魔法使い様は、この街の英雄なんでしょうね」

ヴィオレットはキラキラした瞳で、続けてハイドランジアに尋ねた。

「それで、その素晴らしい魔法使いは、どこのどなたでしたの？」

「さあ……な。どこのどいつだったか」

ハイドランジアは運河を見つめながら、興味がなかったとばかりに答える。

「偉業を成し遂げた人を覚えていないなんて。もっとも気になるところですわ！」

「別にいいだろう。誰がやろうとも」

「よくありません」

ヴィオレットの注意を他《ほか》に向けようとしていたその時、ハイドランジアは声をかけられる。

「ああ、ローダンセ閣下ではありませんか!!」

振り返った先にいたのは、燕尾服《えんびふく》をまとった中年男性。ハイドランジアはこのタイミングでやってくるかと、天を仰《あお》いでしまった。

「いやいや、お久しぶりです！　前回の視察から、三年くらいでしょうか？」

「そうだな」

男は近づくなりハイドランジアの手を固く握り、感激しきった様子で話しかける。

「ご覧になってください。この、運河の水の美しさを！」

どんちゃん騒ぎの酒盛りがあちらこちらの船で行われている様子を、ハイドランジアは胡乱《うろん》な目で見つめる。

ここで、男はヴィオレットの存在に気づいたようだ。

「ローダンセ閣下、こちらの女性は、もしや奥様でしょうか？」

「ああ。妻の、ヴィオレットだ。彼は、この街の領主で――」

「アンドレ・フォン・セーニャと申します」

軽く挨拶《あいさつ》を交わしたので、この場で別れよう。ハイドランジアはそんなふうに考えていたが、お喋《しゃべ》り領主を甘く見ていた。

「ローダンセ閣下は、本当に素晴らしいお方です！　運河が汚染されたこの街を、あっという間に救ってくださったのです」

「え、そう、ですの？」

「はい！　王都では、ローダンセ閣下以外、誰も、私の話を聞いてくれませんでした。ローダンセ閣下だけです。見た目は怖そうですが、心はとても温かく――」

領主の語りは、それから二十分と続いた。ハイドランジアは何度も止めようと思った。しかしながらヴィオレットが嬉《うれ》しそうに話を聞いていたので、止められなかったのだ。

「と、すみません。語り倒してしまって。あ、そうだ。我が家で、お食事でもいかがですか？」

「いや、食事はすでに予約している」

「ああ、そうでしたか。お引き留めをして、悪かったですね。それでは、またいつか、ゆっくりお話ししましょう」

領主は会釈をして、小走りで用意されていた馬車に乗り込む。

ハイドランジアは思わず、深いため息をついてしまった。

「この街の英雄は、ハイドランジア様でしたのね」

「英雄は言いすぎだ」

「いいえ、言いすぎではありませんわ。素晴らしい偉業です」

この街の領主と出会ったのは、本当に偶然だった。閉ざされた謁見室の前で、泣き崩れているところを、ハイドランジアが発見したのだ。

「よくよく話を聞いたら、とんでもない事態になっていたからな」

「ハイドランジア様のおかげで、わたくしは今、この美しい光景を見ることができております」

いつの間にか日が暮れて、街は魔石提灯が灯《とも》される。その灯《あか》りが運河に映り込み、なんとも幻想的な雰囲気にしていた。汚染されていない澄んだ水面だからこその、美しさだろう。ハイドランジアも、しばし夜景に見とれてしまう。

「わたくし、ハイドランジア様のことを、もっともっと、知りたいと思っております」

「それは、私もだ。ヴィーのことを、知りたい」

そう返すと、ヴィオレットは艶《つや》やかに微笑《ほほえ》んだ。


乗船時間ギリギリに、予約していた運河船に乗り込む。これは美しい夜景を眺めながら、食事ができる船なのだ。それなのに、全力疾走で駆け込むこととなった。

ヴィオレットの髪は崩れ、ドレスには皺《しわ》が寄っていた。なんとも申し訳ない気持ちになる。

エントランスにあった化粧室に連れていき、妖精《ようせい》を召喚してきれいにしてもらった。

十分ほどで、戻ってくる。

「ハイドランジア様、ありがとうございます。おかげさまで、身支度が整いました」

「そうか」

いつも力任せでいろいろしてくれる妖精であったが、ヴィオレットには優しく接していたらしい。

どういうつもりなのか、問い詰めたい。

今回予約していたのは三階建ての船で、ハイドランジアとヴィオレットが案内されたのは最上階である。

船内の内装は、レストランと変わらない。ヴィオレットは初めて乗る船に、瞳を輝かせていた。

席につくと、船は汽笛を鳴らしながら動き始めた。

竜の子は、すでに寝ていた。ゆりかごを用意してくれたので、そこに寝せておく。

部屋には大きな窓があり、夜景を一望できるようになっていた。これにも、ヴィオレットは感激しているようだった。

まずは、食前酒が運ばれてくる。優雅に飲み干した振りをしていたが、内心気が気ではなかった。

なぜかといえば、ハイドランジアはこのタイミングでヴィオレットに求婚をしようと計画していたからだ。

今回はきちんと、指輪を用意してきた。大粒のルビーがあしらわれた、オーダーメイドの指輪である。指輪の内側には魔法が刻まれていて、魔法の杖《つえ》代わりにもなる代物なのだ。

いつ、言おうか。そのことしか頭にないので、料理もあまり味わっていない。ただ咀嚼《そしゃく》し、酒で流し込むというのを繰り返す。

「ハイドランジア様、今日は少々飲みすぎでは？」

「そうか？」

「ええ。いつもは、食前酒と食後酒を、一杯ずつ飲むだけではありませんか」

ハイドランジア自身、そこまで酒に強くない。人前で醜態を晒《さら》すまいと、あまり飲まないでいたのだ。しかし、ヴィオレットの指摘で気づく。今日は、ボトル一本空けるほど飲んでいると。

意識した瞬間、視界がぐわんぐわんと揺れているような気がする。ヴィオレットの表情も、顔色も、よく分からない。

なんとかやせ我慢でデザートまで食べきり、船乗り場に到着するのも待たずに宿まで転移魔法で移動した。

執事に予約を任せていた宿は、領主の家よりも豪勢な建物であった。貴族の観光増加を見込んで、建てたらしい。

世にも珍しい、魔石を動力とする自動昇降機もあった。自慢なのか、ガラス張りにして外から見えるようにしている。

「ハイドランジア様、見てくださいまし！　自動昇降機ですって」

「ああ……」

酒酔いによる体調不良はもはや限界であったが、ヴィオレットが楽しそうにしているので、水を差すわけにはいかない。

「あら、ハイドランジア様、顔色が悪いですわね。薄暗くて、気づきませんでしたわ。ごめんなさい、早くお部屋で休みましょう」

「す、すまない」

部屋は二つ取っていると思いきや、ヴィオレットと同室だった。夫婦なのだから、なんら不思議ではない。

ヴィオレットは優しく、ハイドランジアを寝室まで誘ってくれた。

「お薬を、用意してもらうようにいたしましょうか？」

「いいや、大丈夫だ。回復魔法で、治る」

「だったらなぜ、すぐに回復魔法をしなかったのですか？」

ハイドランジアは、きゅっと唇を噛《か》みしめる。

ヴィオレットに酒に酔ってしまったと訴え、回復魔法で癒やすなどかっこ悪い。そう思ったので、宿に帰ってこっそり回復しようと思っていた――なんてことは、言えない。

「ひ、人前で、魔法を、使いたくなかったから、だ」

「まあ！　そうでしたのね」

結局、体調不良はヴィオレットに気づかれ、自らに回復魔法をかける様子を見守られてしまう。

回復魔法の効果は絶大だった。吐き気、頭痛、胃痛がきれいさっぱり消え去った。

「……よくなった」

「でしたら、しばしお休みになってくださいませ。わたくしは、お風呂に入りますので」

「う、うむ」

ヴィオレットはカップに水を注ぎ、ハイドランジアに飲ませる。そして、キビキビとした動きで寝室から出ていった。

寝台は二人用である。あとから、ヴィオレットもやってきて、一緒に眠るのだ。

予定では、求婚して、シランに報告して、それからヴィオレットを抱くつもりであった。

家令が二人部屋を用意しているなんて、まったく想定外であったのだ。

今夜は眠れるのか。もしかしたら、体調不良のままのほうがよかったのではないか。

枕元《まくらもと》には、酒のボトルが用意されている。パッケージに火竜が描かれているので、きっと強い酒だろう。これを飲んだら、安らかに眠れるのではないか。

いやいや、酒に酔ったばかりなのに、再び飲酒などしたらヴィオレットに怒られるだろう。それだけは、避けたい。

それにしても、一緒の部屋だと聞いても、ヴィオレットは無表情であった。

もしかしたら、好かれているのは勘違いで、本当は何も思われていないのでは？

そんな不安が、脳裏を過《よぎ》る。

ただ、ハイドランジアはヴィオレットを心から愛している。隣で眠られたら、平静を保てるわけがない。

ただ、相手がなんとも思っていないのに、手を出すつもりは毛頭ない。

けれどこの一晩、耐えられるのか不安になる。

いったい、どうやって夜を乗り越えたらいいのか。分からずに、頭を抱え込んでしまう。

「ううう……！」

『かっこ悪いぞよ』

「仕方ないではないか。物事には段階があって、ヴィーを抱くのは最後にしようと思っ――お、お前、ポメラニアンか!?」

振り返った先にいたのは、金色の毛並みを持つ小型犬。大精霊ポメラニアンである。ハイドランジアを嘲笑《あざわら》うような顔で、背後に佇《たたず》んでいた。

「い、いつからいたんだ!?」

『お主らが、屋敷の玄関から馬車に乗り込んだあたりからだ。姿と気配を消して、傍《そば》にいた』

「最初からではないか!!」

なんでも、スノウワイトに、「心配だから、ついていって」と頼まれたらしい。ポメラニアンは渋々と、同行していたと。

『自らの活躍を、自分ではないように語って聞かせていたのに、最終的に領主からネタバレされる流れは、最高にかっこよかったぞ』

「う、うるさい!! 仕事に関しては、守秘義務もあるから、仕方がなかったのだ。それに、大したことはしていないからな」

『運河の英雄よ、謙遜《けんそん》するでない』

「誰が運河の英雄だ!!」

ポメラニアンと言い合いをしているうちに、ハイドランジアは冷静さを取り戻した。

「おい、ポメラニアン。今晩は、私とヴィーの間で眠れ。お前がいたら、一気に萎《な》えるはずだから」

『なぜ、お主の隣で眠らなければならないのだ。お主がいないほうで、我は眠るぞよ』

「ポメラニアン、お前……!」

無理やり捕まえて、位置を固定させようとしたが、ポメラニアンは素早く動き回るので捕まえられない。

『のろまエルフになど、捕まるものか!』

「こ、こいつ!」

部屋の隅に追いやり、手を伸ばした瞬間、寝室の扉が開かれる。竜の子を抱いたヴィオレットが、戻ってきたのだ。

「お待たせいたしました――あら？」

ポメラニアンは、ハイドランジアがヴィオレットに気を取られているうちに逃げる。そして、姿を消した。

「今、ポメラニアンが見えたような気がするのですが？」

「ああ、ちょっとな」

「寂しかったのですか？」

「そんなわけあるか！　あいつが勝手にやってきただけだ」

「そうでしたのね」

ヴィオレットは「お邪魔いたします」と言い、寝台の上に乗る。そして、寝台の中心に竜の子を寝かせていた。竜の子は爪先《つまさき》をちゅうちゅうしゃぶりながら、眠っている。その寝顔を、ヴィオレットは幸せそうに眺めていた。

ここで、ハイドランジアは気づく。ヴィオレットの寝間着は首元から踝《くるぶし》まで、一切露出がない。しかし、生地自体は非常に薄く、円卓に置かれた魔石灯《ませきとう》に照らされてヴィオレットの体の線が分かってしまうことに。

なんという破壊力なのかと、ハイドランジアは慌てて魔石灯の灯りを消した。部屋は真っ暗になる。これで大丈夫だと思っていたが、ヴィオレットの気配があるだけで落ち着かない。

「ハイドランジア様」

「なんだ？」

「あの、緊張を、しているのです。こうして、何もないのに、一緒に眠るのは、初めてでしょう？」

今まで何回か、一緒の寝台で休んだ。しかし、それは目的があって仕方なくだったのだ。今回のように、ただ眠るだけというのは、初めてである。

緊張するヴィオレットは、震えるほど愛らしい。灯りをつけて、どんな顔をしているのか確認したい。けれど、どれをしたら歯止めがきかなくなる。

まだ、シランの墓前で挨拶していない。求婚だって、きちんとしていなかった。

「わたくし、本当に、ハイドランジア様と結婚していただけて、よかったなと、思っております」

「どうしたのだ、突然」

「嬉しく、なりまして……。だって、ハイドランジア様は、わたくしが大事にしている家族や、物事を、尊重してくださいます。今回だって、貴重なお休みを、父の墓参りに使ってくださいましたし」

「シランへの墓参りは、いつか行こうと思っていたのだ。気にするな」

「ありがとう、ございます」

ヴィオレットの声が震えていた。もしかして、涙を流しているのか。そっと手を伸ばし、ヴィオレットの頬《ほお》に触れる。やはり、濡《ぬ》れていた。

「なぜ、泣く？」

「胸が、切なくなって」

嬉しいのではなく、切ない。それは、どうしてなのか。亡き父を思い出して、という感じではない。

「ヴィー、何を思い、何を考えているのか、聞かせてくれないか？」

「ハイドランジア様……ありがとうございます。しかし、この感情は、あまりにも浅ましく、傲慢《ごうまん》なものです」

「それでも、私はヴィーの気持ちを、知りたい」

頬を伝う涙を、指先で拭《ぬぐ》ってやる。それでも、涙は止めどなく流れてきていた。

「ヴィー、頼む、聞かせてくれ」

しっかりヴィオレットの気持ちを受け入れようと思い、ハイドランジアは起き上がって背筋をピンと伸ばす。

ヴィオレットも同じように、起き上がった。眠る竜の子を端に寄せ、優しく布団を被《かぶ》せる。そして、意を決してくれたのか、話し始めた。

「わたくしは、物心ついた頃《ころ》から、猫化の呪《のろ》いがかかっていると思い込んでいまして、外出どころか、結婚もできないと、考えておりました」

しかし、ヴィオレットを妻にと望む男が現れた。それが、ハイドランジアである。

「ハイドランジア様のことを、なんて酷《ひど》いお方なの、と考えていたのは最初だけで、次第に尊敬するようになっていました」

ヴィオレットを迎えた当初は、どういうふうに接したらいいのか分からず、冷たい態度を取っていたのかもしれない。

すれ違っている期間は短くはなかったが、ヴィオレットは耐えてくれた。当時の生活が成り立っていたのは、ヴィオレットのおかげだろう。ハイドランジアは感謝の気持ちを伝える。

「私と父の親子関係は破綻していて、家族がどのような形であるのか、長い間知らなかった。知ることができたのは、ヴィーのおかげだ」

「ハイドランジア様……」

ヴィオレットの手に触れると、優しく握り返してくる。この温もりを、ハイドランジアは知らなかった。

今になって気づく。亡き父親も、もしかしたらハイドランジア同様に家族にどう接したらいいのか分からなかっただけなのでは、と。ハイドランジア以上に、不器用な男だったのだ。

恐らく、妻となったハイドランジアの母の早すぎる死も、原因の一つだったのだろう。弱い生命に触れると、消えてしまう。そんなふうに思っていたのかもしれない。

「ヴィーほど心優しい女性は、他にいない」

「そんなことありませんわ。ハイドランジア様は、他に女性を知らないだけで」

女性を知らないという言葉に、ぎくりとする。もしや、ポメラニアンから聞いたのだろうか。ハイドランジアが、他の女性を知らないということを。

それは、果たして女性にとってどうなのか。

いつだってモテるのは、女性経験が豊富でウィットに富んだ会話ができる男だ。ハイドランジアとは真逆のタイプである。

「その、なんだ。ヴィーは、他に女を知っている男が、好きなのか？」

「女性の知り合いが多いと、不安になってしまいます」

「そうか」

女性の知り合いという発言から、ヴィオレットの言う「女性を知らない」というのは、女性経験のことではなかったようだ。そのままの意味だったわけである。ハイドランジアは内心、ホッとしていた。

「ハイドランジア様とわたくしの結婚は、完全な利害の一致。本当の意味で夫婦となるわけではありません。けれど、ハイドランジア様とこうして一緒にいる中で、わたくしは、本当の妻にしてほしいと、浅ましくも望んでしまったのです」

この瞬間、ハイドランジアはヴィオレットを抱きしめる。

「ヴィー、すまない。私が、悪かった‼」

こんなにも、ヴィオレットを不安にさせているなんて、思いもしていなかった。ハイドランジアが求婚を躊躇《ためら》っていたせいで、ヴィオレットは自らを「浅ましい女」だと責めていたのだ。

「ヴィーの問題が解決してからずっと、正式に結婚を申し込もうと思っていたのだ」

「ハ、ハイドランジア様、本当、ですの？」

「嘘《うそ》なものか。しかし、なかなか言い出せずに、今に至ってしまい、本当に、申し訳なかった」

ヴィオレットは言葉を発さずに、ハイドランジアをぎゅっと抱き返す。

「結婚指輪も、渡せずにずっと持ち歩いていた。その、今更だが、受け取ってくれるか？」

「指輪を、いただけるの、ですか？」

「ヴィーのために用意した、とっておきの指輪だ」

「ありがとう、ございます。嬉しい、です」

ハイドランジアは円卓に置かれた小さな魔石灯を灯す。そして、外套《がいとう》のポケットの中に入れっぱなしだった指輪の箱を取り出した。

灯りの前で、蓋《ふた》を開く。真っ赤《まか》なルビーが、光り輝いた。

「まあ、なんて、美しいのでしょう」

「ヴィーをイメージして、作らせた。魔法使いの杖代わりにもなる、魔法の指輪だ」

そう説明すると、ヴィオレットは嬉しそうに微笑む。

「ヴィオレット、お前を、心から愛している。遅くなってしまったが、私の妻になってくれないだろうか？」

問いかけた瞬間、ヴィオレットは再び涙を零《こぼ》す。手巾《しゅきん》で拭っても拭っても、間に合わないくらいの大粒の涙であった。

「わ、わたくしも、ハイドランジア様のことを、心から、お慕い申しております」

ついに、ハイドランジアとヴィオレットの想《おも》いは、一つとなった。

「生涯、ヴィーと子ども達のことを守ると、誓おう」

「わたくしも、ハイドランジア様を、お守りいたします」

口にした誓いは、お互いに封じ込めなければならない。方法は、一つ。口づけをすること。

二人の陰が、一瞬だけ重なる。

交わした誓いは、永遠のものとなった。

ハイドランジアは指輪を手に取り、ヴィオレットの左手の薬指にそっと嵌《は》めた。

「これでヴィーは、私の本当の妻だ」

「はい」

思いがけず、ハイドランジアとヴィオレットは想いを確認し合い、真なる夫婦となった。

けれど、まだ彼女を抱くわけにはいかない。シランの顔が脳裏にこびりついて、離れないのだ。

一度墓前で挨拶をしなければ、消えていかないのだろう。

今日は、ヴィオレットに求婚できた。それだけでよかったと思う。

「あの、ハイドランジア様、お願いがあるのですが？」

「なんだ？」

「猫化しても、よろしいでしょうか？」

「構わないが」

なぜ、猫化するのか？

その疑問に、ヴィオレットはもじもじしながら答える。

「なんだか、恥ずかしくて。その、少しずつ、一緒に眠るのに、慣れていきますので。今晩は、猫の姿で許していただきたいな、と」

「分かった」

ヴィオレットはホッとした様子で、猫化の呪文を小さく呟く。「にゃ〜」という鳴き声をきっかけに、ヴィオレットの周囲に魔法陣が浮かび上がった。そして、光に包まれたあと、シルエットが人型から猫の形へと転じていく。

パチパチと、数回瞬《まばた》いている間に、ヴィオレットの姿は金色の毛並みの猫へと変わった。

ヴィオレットは猫になっても気高く、美しい。思わず、見とれてしまう。

『ハイドランジア様、よろしかったら、触ってみますか？』

「いいのか？」

『ええ、どうぞ』

手を差し出すと、ヴィオレットはハイドランジアの懐へと潜り込む。

フワフワの毛並みに、指先を滑り込ませた。櫛《くし》で梳《す》くように、ヴィオレットの背中を撫《な》でる。すると、ゴロゴロと喉《のど》を鳴らしていた。心地よいのだろう。今度は、地肌をマッサージするように、力を込めて撫でてみる。

『ううん……！』

ヴィオレットは艶《つや》っぽい声を零したが、見た目は猫である。人の姿でなくてよかったと、心底思うハイドランジアであった。

十分ヴィオレットの毛並みを堪能したあとは、再び魔石灯の灯りを消す。暗闇《くらやみ》の中、横たわった。

ヴィオレットも、ハイドランジアのお腹《なか》の辺りで丸くなる。

『ハイドランジア様、おやすみなさいませ』

「ああ、ゆっくり休め」

『はい』

軽く言葉を交わし、瞼《まぶた》を閉じる。ヴィオレットが眠ったのを確認すると、ハイドランジアは水を浴びた。こうでもしないと、興奮が収まらないと思ったのだ。

しかし、効果はイマイチであった。

再び、寝台に横たわる。ヴィオレットが隣にいることを思うと、胸がドキドキと高鳴った。

眠らなければ、明日《あす》もある。

ハイドランジアは寝付きが悪い。完全に寝入るまで一時間以上かかる。

しかし、今宵《こよい》は温かいヴィオレットがくっついていたからか、五分と経《た》たずに眠ってしまった。

二日目、三日目の移動を経て、ようやくノースポール伯爵家の領地に辿り着いた。

国の北部に位置する領地は、農地であるが乾燥した気候と土のせいで作物があまり育たない。

作物の緑よりも、土の茶色が目立つ畑が一面に広がっていた。働く者達の瞳も、どこか覇気がないように見える。

丘に見える風車は壊れているのか、一基たりとも回っていなかった。

収穫時の春野菜も、王都の市場に並ぶ物より一回り小さく、葉色もどこか褪《あ》せているように見える。

「お兄様から領地のお話は聞いていましたが、話に聞いていた以上に、その、痩せていますわ」

ノースポール伯爵は農地での収入は当てにしていないと話していた。それも納得できる、環境であった。

領内の道は整備されておらず、馬車は走れない。徒歩で向かうしかないようだ。

空は曇天。雲は濃い灰色で、今にも雨が降りそうだった。

「急いだほうがいいな」

「ええ、そうですわね」

竜の子は眠っていて目覚めない。鞄《かばん》型のゆりかごに寝かせ、ハイドランジアの肩から提げておく。

畑のあぜ道を進んでいった。道ばたに生える雑草でさえ、しおれて艶の一つもない。

いったいどうしたものかと、考えながら歩いていく。

「領地にノースポール伯爵家の者はいるのか？」

「ええ。現在は、叔父一家が」

「そうか」

密に連絡は取っていないようで、ヴィオレットも叔父と会うのは初めてだという。

「一度手紙を送ったのですが、返事は届かなくて……」

「そうか」

以前から、兄弟仲はあまりよくなかったらしい。ヴィオレットも返信があるとは考えていなかったようだ。

「父はもともと、この領地で暮らすつもりで、叔父のほうが王都のタウンハウスで暮らすはずでした。しかし――」

シランは魔法師団の試験に合格してしまった。そのため、ヴィオレットの叔父は寂れた領地を任されてしまったのだった。

「王都行きを反故《ほご》にされたものだから、長年恨みに思っていたわけか」

「そう、ですわね」

叔父の家を訪問する前に、墓参りに向かう。ヴィオレットの叔父から、「領地から出て行け！」と言われるかもしれないからだ。

「母は何度も、父と叔父の仲を取り持とうとしていたのですが、上手《うま》くいかなかった、という話を兄から聞きました」

領地まではるばるやってきたヴィオレットの母を、怒鳴りつけて追い出したこともあったらしい。

「これも、あとから聞いたのですが、母は叔父の初恋の相手で、王都で騎士として叙勲されたら求婚するつもりだったと」

「なるほど。女も絡んでいたわけか。泥沼だな」

ヴィオレットの叔父は十三歳の春に、社交場で出会ったヴィオレットの母に一目惚《ぼ》れした。すぐさま行動に移し、父親を通じて結婚を申し込む。相手は男爵家の娘で、結婚が難しい女性ではない。

ノースポール伯爵家のほうが、歴史も家格もずっと上だった。

しかし、男爵は結婚相手が財も爵位も持たない男に娘を嫁がせたくないという。ただ、騎士として叙勲を受けたら、考えてもいいと返してきた。

「それから叔父は、剣の稽古《けいこ》を一生懸命していたのですが――」

「シランにかっ攫《さら》われてしまったと」

「ええ」

王都の夜会で、シランとヴィオレットの母は出会った。

そして、二人は恋に落ち、結婚した。

貴族としては、珍しい恋愛結婚だった。

「父と叔父の仲は、結婚を境に修復不可能となってしまいました」

「そんな状態で、シランが領地の墓に入るのを、よく許してくれたな」

「仲違《なかたが》いしていても、さすがに父の死は叔父にとってショックだったようで」

「そうか」

途中、水路が通っていた。水は枯《か》れ、架かった木製の橋は半壊している。この先に墓地があるようだが、渡るのは危険だろう。水路の幅は二米突《メトル》ほどある。

「ハイドランジア様、いかがなさいますか」

「跳び越えればいい。ヴィー、抱くぞ」

「え？　きゃっ！」

ハイドランジアはヴィオレットを横抱きにし、足に強化魔法をかける。すると、二米突《メトル》の距離も軽々と飛び越えられる。

ヴィオレットに振動がいかないよう、ゆっくり着地した。

「ヴィー、怖くなかったか？」

「驚きましたが、楽しかったですわ！」

「だったらよかった」

ヴィオレットを下ろし、手を繋《つな》いで先を進む。

墓地は村外れにあるらしい。ノースポール伯爵が描いた地図はかなり正確で、分かりやすい。まるで知っている土地のように、迷わず進める。

開けた場所から、鬱蒼《うっそう》とした木々に囲まれた道に出てくる。春なのにどこもかしこも新芽は見られず、まるで冬の森のようだった。

ハイドランジアはナイフで行く手を遮る植物を刈りながら、進んでいく。

「獣道のようだな」

「え、ええ」

道があるはずなのに、誰も行き来していないようで雑草や蔦《つた》が絡み合っている。おそらく、墓参りもできないほど、生活が切羽詰まっているのだろう。

やっとのことで、墓地に辿り着いた。そこは、領民達の共同墓地ではなく、ノースポール伯爵家の者達の先祖が眠る墓地のようだ。

「ここは――」

なぜかこの場だけ、草木が青々と生い茂っていた。空気は澄み、墓地だというのにどこか温もりのある空間であった。

「不思議な場所だな」

「そう、ですわね」

墓石には蔓《つる》が絡み、一見して誰の墓かも分からない。もっとも手前にある墓石の蔓を剥《は》ぎ取る。

「レナード・フォン・ノースポール、ここに、眠る。享年、十三歳」

「わたくしの、従弟《いとこ》ですわ」

幼い頃より病弱で、夭逝《ようせい》したのだという。ヴィオレットは膝をつき、冥福《めいふく》を祈る。

その隣にあった墓も、ヴィオレットの従妹《いとこ》だという。叔父は二人の子を亡くしているらしい。

蔓が巻きつき、苔《こけ》が生えて緑色に染まった墓がシランのものだった。その隣が、ヴィオレットの母の墓である。

「お父様……お母様……」

ヴィオレットはその場に頽《くずお》れ、膝をつく。そして、祈りを捧げていた。

顔を上げ、振り返ったヴィオレットの表情から、陰りが消えていた。どこか吹っ切れたような、清々《すがすが》しさも感じる。

ハイドランジアの手にそっと触れながら、ヴィオレットは墓前の両親に語りかけた。

「お父様、お母様、わたくしの、旦那様を、紹介いたします」

ヴィオレットの隣に膝をつき、頭《こうべ》を垂れる。

「ハイドランジア様ですわ」

こうして、墓前で紹介されるのも不思議な気分になる。

「わたくしを、暗闇の中から救ってくださいました」

ヴィオレットはポロポロと、涙を流す。それは、悲しみの涙ではなかった。

「今、わたくしは、とても幸せです。お父様とお母様も、どうか、毎日楽しく、おすごしくださいませ……！」

最後に、ヴィオレットはハイドランジアのほうを見て微笑みかける。そんな彼女の肩を、優しく抱いた。

「ヴィオレットのことは、生涯命を懸けて守る。だから、しばらくゆっくり休め」

ノースポール伯爵から聞いた、シランが好きだったワインを墓前に置く。

立ち上がると、空が明るくなっていることに気づいた。木の葉の隙間《すきま》からは、木漏れ日も優しく差し込んでいる。

まるで、若い夫婦を祝福しているようだった。

「ハイドランジア様、お父様とお母様が、ありがとうと、言っているような気がします」

「私も、同じことを考えていた」

ヴィオレットの人生に光あれ。そう訴えるような、見事な晴天だった。

◇◇◇

ノースポール伯爵家の墓地を抜け、村に戻る。

空が晴れたのは一瞬だけだったようで、再び空は曇り模様となっていた。

「ふむ……」

目を閉じ、意識を外に集中させる。すると、魔力の流れを感じ取れるのだ。

「ハイドランジア様、どうかなさったのですか？」

「いや、この土地は、魔力の通りが悪い……もしくはまったくない、ような気がする」

「言われてみれば、確かに息苦しいといいますか、なんといいますか、不思議な感じがいたしますわ」

この世界は、魔力を大きな礎《いしずえ》として成り立っている。人だけでなく、動物や魔物、植物などは魔力がないと生きていけない。空気中に溶け込んだ魔力を取り入れ、成長していくのだ。

魔力の流れが滞ると、たちまち生きていけなくなる。生き物は呼吸できずに死に至り、植物は枯れ果ててしまう。魔力はなくてはならないものなのだ。

「農作物が育たないのは、典型的な魔力不足によるものだろう」

「そ、そうでしたのね。そういえば、お兄様は年々領地での野菜の収穫量が減っているとおっしゃっていたので、昔は今よりマシだったのかもしれませんわ」

通常、土地には古くから住む精霊や妖精が守護してくれる。けれど、ノースポール伯爵家の領地には存在していない。

「もしかしたら、この地で魔力が減少し、精霊や妖精の守護を失った何かが、起きたのかもしれない」

ノースポール伯爵家に行って、事情を聞かなければ。

馬車に乗り、村の郊外にあるノースポール伯爵家の本邸を目指して走らせた。

十五分ほどで、ポツンと佇む屋敷が見える。二本の尖塔《せんとう》が突き出した、レンガ造りの建物であった。

ノースポール伯爵家の墓と同じように蔓が厚く絡まっていたが、枯れて乾燥していた。

外門に番人はおらず、出入りは自由自在となっていた。屋敷の庭は庭師を雇っていないのか、荒れ果てていた。

「まるで、廃墟《はいきょ》のようだ」

「ええ。本当に、叔父はここに住んでいるのでしょうか？」

「分からんな」

玄関前のロータリーで下ろされる。すぐに、ハイドランジアは扉を叩《たた》いた。反応はない。

「おかしいな」

本当に、誰も住んでいないのではないか。そう思って、扉の取っ手に手をかけると、そのまま開いてしまった。

ギイイイ～……と、不気味な音を鳴らしながら、扉は開かれる。

内部は驚くほど埃《ほこり》っぽく、人の気配はまったく感じられない。また、足跡なども見つけられなかった。つまり、長い間、誰も行き来していないということになる。

ハイドランジアは瞼を閉じ、屋敷の内部に網を張るように魔力を走らせた。ネズミやトカゲなどの魔力は感じ取れたが、人の魔力は感じ取れない。

「ヴィー、残念ながら、ここには誰も住んでいないようだ」

「叔父様達は、いったいどこへ？」

「分からない」

床に積もった埃の量から、かなりの月日が経っていることがうかがえる。

「三ヶ月か、半年か、それ以上かもしれない」

「そんな……！」

いったいどこへ行ってしまったのか。ノースポール伯爵ともこまめな連絡は取っていなかったらしい。一年に一度、手紙を交わす程度だったという。

「中を、調べてみるか？」

「ええ」

中に入る前に、ハイドランジアは結界を作る。塵《ちり》や埃を避けるものだ。薄暗いので、光球も作った。

「ヴィー、行こう」

「はい」

エントランスを抜け、二階にある当主の部屋を目指す。

「家は、人が管理しないと、死ぬのだな」

「ええ」

どこから入り込んだのか、埃には砂も含まれていた。壁紙はところどころ色褪せている。人が住み、手入れをして、初めて家は呼吸をするのだろう。

二階にある突き当たりの部屋が、当主の部屋のようだ。ここも鍵《かぎ》はかかっておらず、あっさり扉が開く。壁には隙間なく本棚が並び、ぎっしりと本が詰まっていた。

「これは、魔法書か？」

「みたい、ですわね」

いったいなぜ、魔法使いではないのに魔法書を執務部屋に並べているのか。ハイドランジアは疑問に思う。

「ハイドランジア様、机に、何か本が置いてありますわ」

確認すると、それはヴィオレットの叔父の日記帳であった。魔法仕掛けの鍵がかかっていて、簡単に開けられないようになっている。

ヴィオレットが触れると、文字が浮かんだ。

「ノースポール伯爵家の者の血が、鍵となる……ですって」

「なるほどな」

他の誰かがやってきても、中に書いてあることが読めないようになっているようだ。

ヴィオレットは迷わず、指先をナイフで刺す。一滴の血を、日記帳の鍵穴に垂らした。

すると、鍵がカチャリ、という音を立てて開いた。

「ヴィー、一緒に見るが、問題ないな？」

「ええ、お願いいたします」

ハイドランジアは神妙に頷《うなず》き、表紙を捲《めく》った。

「これは！」

一ページ目に書かれていたのは、血で描いた魔法陣である。

「ハイドランジア様、これは、なんですの？」

「闇魔法《やみまほう》——死者の蘇生、だ」

「な、なんですって⁉」

何かを映したのか。死者の蘇生の呪文も血で描かれていた。そのあとは、日記帳のようだった。

そこには、とんでもない内容が書き綴《つづ》られていたのである。

「エゼール家の魔法使いが、ここを訪問していたらしい。ヴィーの叔父を、唆《そそのか》していたようだ」

「まさか、叔父様のところにまで来ていたなんて。いったい、何が目的でしたの？」

「死者を生き返らせることによって、魔術医の力を誇示したかったようだ」

「馬鹿《ばか》ですわ。亡くなった人を、生き返らせようとするなんて……！」

もしも、死者の蘇生を成功させたとしても、それは人ではない。人と同じ形をした、ただの化け物である。ハイドランジアは死者の蘇生について、そんなふうに考えていた。

「もしかして、叔父様は自分の子ども達に蘇生魔法を使おうとなさっていたの？」

「いいや、生き返らせようとしていたのは、シランのようだ」

「お父様を？　どうして？」

「喧嘩《けんか》をしていたので、仲直りをしたかった、と」

「そんな……！」

死んだ人を生き返らせることは、古《いにしえ》の時代より禁忌であった。それを知っていたのか、知らなかったのか、定かではない。

ヴィオレットの叔父はエゼール家の魔法使いに唆されるがまま、死者の蘇生に手を染めてしまった。

「ただ、死者の蘇生は大いなる犠牲を必要とする」

「まさか、叔父様は自らの命を捧げましたの？」

「いいや、違う。どうやら、領地にあった魔力と引き換えに、死者の蘇生を行ったらしい」

この点は、ヴィオレットと婚姻を結びたかったトリトマ・セシリアの野望と結びつく。領地が魔力の枯渇によって野菜の生産が減ったら、ノースポール伯爵家はトリトマ・セシリアを頼らないといけない状況になる。そのために、ヴィオレットの叔父を唆したのだろう。

一ヶ月の準備期間を経て、蘇生魔法は行われる。

「用意されたのは、鳥肉、金の粒、宝石、アルラウネの根っこ、竜の湖水……」

それから、死者の骨。ヴィオレットの叔父は墓を暴《あば》き、シランの骨を地上へ掘り起こした。

エゼール家の魔法使いの導きの中で、死者の蘇生魔法が行われる。

「蘇生魔法は――失敗だった」

魔法は暴走し、領地の魔力をほとんど吸い尽くしてしまった。

エゼール家の魔法使いは、目的は達成したとばかりに忽然《こつぜん》と姿を消す。残されたヴィオレットの叔父は、自らのしでかしたことの重大さに気づいた。

「領地の野菜や木々、雑草に至るまで、生気が抜かれたようにしおれていった。森にある河川から水を引いていた水路は枯れ、風が吹かなければ、雨も降らなくなる」

風や雨は、精霊や妖精の導きで生じる。魔力が尽きかけてしまったので、領地からいなくなったのだろう。彼らは魔力を糧とするため、仕方がない話ではあるが。

「それから叔父は、どうなさいましたの？」

「逃げた」

「え⁉」

「夜逃げをしたらしい。今、どこにいるのかは、書かれていない」

幸いと言えばいいのか。村長には一言物申してからいなくなったようだ。

「なんてことですの。領民を置いて逃げるなんて、あまりにも、酷いですわ」

「追い詰められていたのだろう」

ヴィオレットの叔父が悪いのではなく、悪事を吹き込んだエゼール家の魔法使いが悪いのだ。

「まず、村長に話を聞きにいくとしよう」

「え、ええ」

日記を片手に、ノースポール伯爵邸をあとにする。

灰色の空に、色褪せた景色を見ていると、胸が締め付けられる。ハイドランジアでさえ辛《つら》いのだから、ヴィオレットはそれ以上に苦しいだろう。

「ヴィー、疲れていないか？」

「ええ、大丈夫ですわ」

こういう時、スノウワイトがいたらヴィオレットを乗せて歩けるのに。ハイドランジアは明後日《あさって》の方向を見ながら、切ない気持ちになる。

彼女の護衛をさせるつもりで引き取ったスノウワイトは、大白虎《ヴィットテイール》という種類の中型幻獣である。

すっかり成獣となり、馬と同じくらいの大きさまで成長した。戦闘能力もかなりあると、猫科幻獣の資料に書いてあった。

しかし、スノウワイトは家で過ごすのが大好きな、大きな家猫と化している。

子どもは、思う通りに成長しないのだろう。親の心、子知らずというやつだ。ハイドランジアはそう思うようにしている。

十五分ほど歩いたら、人家が集まった村落に辿り着く。壁は日干しレンガで屋根は藁《わら》という、いかにも農村といった感じの家が並んでいた。

皆、働きに出ているからだろうか。その辺を歩く村人はいない。

「ハイドランジア様、どれが村長の家か分かりますの？」

「もっとも大きく立派な家が、村長の家だろう」

そんなわけで、ハイドランジアの言う大きくて立派な家の扉を叩く。四回ほど叩いたら、七歳から八歳くらいの少年が顔を覗かせた。

「うわあ!!　悪魔だ!!」

「誰が悪魔だ！　私はエルフだ！」

素早い指摘のおかげで、扉を閉められずに済んだ。

「ごめんなさい。顔が怖くて、耳が尖《とが》っていたから、てっきり、悪魔とばかり……」

「私ほど、善良なエルフは他にいない。この、ハイドランジア・フォン・ローダンセの名を、未来永《えい》劫《ごう》覚えておけ」

少年は怯《おび》えた表情で、コクリと頷いた。

「それはそうと、村長に会えるだろうか？」

「村長の家は、真向かいだよ」

「む、そうだったか」

ハイドランジアの見立ては外れていたようだ。商売を営む一家が住む家だったので、他と比較して大きな家だという。

「家の半分は、倉庫なんだよ」

「なるほどな」

説明する少年の瞳は覇気がなく、声も小さかった。服の袖《そで》から覗《のぞ》く腕は、ガリガリだ。

「お前は、食が細いのか？　ガリガリではないか」

「野菜が、収穫できないから、外に売りに行く商品がないんだ。それで、食費を切り詰めるしかないって、母ちゃんが……」

満足に食事も食べられないほど、せっぱ詰まった生活をしているのだろう。

気の毒に思ったハイドランジアは、懐に入れておいた堅焼きビスケットを少年に差し出した。

魔法師団の携帯食で、小腹が空いたときに齧《かじ》っていたのだ。旅行中も、何かあった時のためにと、忍ばせていたのである。

「もらって、いいの？」

「ああ。味気ないビスケットだがな」

「あ、ありがとう」

少年の声に反応するように、部屋の奥から声が聞こえる。

「お兄ちゃん、何をもらったの？」

「僕にも見せて!!」

少年には他に兄弟がいるようだ。ビスケットは一本しかないので困っていたら、ヴィオレットがチョコレートや飴《あめ》を差し出す。

「わあ、お菓子だ！」

「こんなの、見たことがない」

少年は弟達を見て、淡く微笑んでいた。きっと、長い間笑顔を見ていなかったのかもしれない。

きっと、彼らだけでなく、村全体がそうなのだろう。皆、作物が収穫できず、満足な生活を送っていないに違いない。一刻も早く、村長と話をして対策を打たなければならなかった。

訪問した村長の家では寝たきりとなってしまった村長夫婦と、年若い娘がいた。両親は他の街へ出稼ぎに行っており、祖父母の世話を一人娘が担っているようだった。

「うちだけではありません。他の家の若い人達は、みんな出稼ぎに行っています」

「だから、この村は人が少なかったのだな」

「ええ」

娘の顔色は真っ青《まさお》だった。今にも倒れてしまいそうに見える。

村長一家でさえ、満足に食事ができていないのかもしれない。ひとまず村長夫婦に回復魔法をかけて、体調を整える。

「ああ、体に、力が漲《みなぎ》ってきました。ありがとう、ございます。して、あなた様はなぜ、この村にいらっしゃったのでしょうか？」

「それは――」

元気になったばかりで申し訳ないが、早速本題へ移らせてもらう。

「私はハイドランジア・フォン・ローダンセという」

「ローダンセというのは、大貴族の……！」

ローダンセ公爵家の名声は、田舎《いなか》の農村まで届いているようだ。村長の反応は無視して、話を先に進める。

「こちらは妻のヴィオレットで、ノースポール伯爵家の娘なのだが、今日は墓参りをするためやってきた。先ほど領主の屋敷に立ち寄ったところ、誰もいなかったので、事情を聞きに来たのだが」

「ああ、そうでございましたか」

ここで、思いがけない情報が明らかとなる。ヴィオレットの叔父は「しばし出かけてくる。留守を頼む」とだけ残して、失踪《しっそう》してしまったらしい。

本当のことを話すつもりだったが、村長を前にしたら言えなくなってしまったのか。

本人はいないため、考えていることは推測しかできない。

「そのあと、作物は大不作だわ、風車は動かないわ、病気が流行るわで、村は大混乱となって――」

王都にいるノースポール伯爵に助けを求めようにも、連絡の手段を知らない。王都へ行く金すらなかった。

「困っているところだったのです」

「最後に話したのは、いつだったか？」

「半年前くらいでしょうか」

「そうか。辛かったな」

「私どもよりも、農業で食べている者達のほうがずっと、辛かっただろうなと」

「分かった。ひとまず、この村の復興は私に任せてほしい」

その言葉にいち早く反応したのは、村長ではなくヴィオレットであった。

「ハイドランジア様、よろしいのですか？」

「ああ。ここはヴィーの実家の領地だ。見捨てるわけにはいかない。そんなわけなので、あとのことは、私に任せてほしい」

「ハイドランジア様！　とても、嬉しく思います」

感激したのは、ヴィオレットだけではない。村長もだった。

「ローダンセ公爵様……！　ありがとうございます」

こうして、ハイドランジアはノースポール伯爵家の村の復興を担うこととなった。

まずは、炊き出しをして栄養が足りていない村人に食事を配るところから始めないといけない。

王都から派遣したら、日数がかかってしまう。そのため近くの街で依頼し、村に呼び寄せた。

炊き出しの指示は、ヴィオレットに任せる。

転移魔法で王都まで戻ると、バーベナと数名の侍女、ポメラニアンを連れて村に戻った。

「バーベナ、すまない。ヴィーの補佐をしてくれ」

「承知いたしました」

「ポメラニアンも、手を貸してほしい」

『仕方がないぞよ』

必要な物があれば、ポメラニアンに持ってきてもらうようにする。今は、大精霊の手も借りたいような状況だった。

続いて魔法師団へ転移し、部下達にノースポール伯爵領の調査を派遣する。三日後に到着予定だ。

続いて、ノースポール伯爵家に向かって、叔父の状況を伝えた。

領地から叔父が逃げ、さらに困窮状態にあるとは想像もしていなかったのだろう。ノースポール伯爵は絶句していた。

「す、すすす、すみません。またしても、迷惑を、かけてしまって、本当に申し訳ないなと」

「気にするな。それよりも、領地は一人でも人の手が必要な状態だ」

「もちろん、現地へ向かって、働かせていただきます！」

「そうしてくれると、非常に助かる。農作物が不作になったことについての対策は、私に任せてくれ」

「は、はい。よろしくお願いいたします」

ノースポール伯爵は人を集め、領地に向かってくれるらしい。

最後に、マグノリア王子のもとに転移し、事情を説明する。

「エゼール家の魔法使いの画策が、いまだ罪もなき国民を苦しめていたとは。赦せないですね」

「可能な限りの対策は打った。あとは、魔力と妖精、精霊を失った村をどうするかが課題だ」

「何日かかってもいいので、必ず解決してください。こちらは、心配せずに。魔法師団にも、優秀な副官がいるでしょう？」

「そう……だな」

涙を流しながら働くクインスの姿が浮かんだ。気の毒だが、数日の間は頑張ってもらうしかない。

「ハイドランジア、頼みましたよ」

「御意に」

本日何度目かも分からない転移魔法を展開させ、ノースポール伯爵領に戻る。

太陽が沈みかけていたが、外は人で賑《にぎ》わっている。炊き出しが行われており、村人達に食事が配られているようだ。

村の中心にある広場に天幕が張られ、大鍋で作った料理が配られている。

先ほどお菓子を与えた少年達が、列の整備をしていた。

「列の最後はこっちだよ！」

「スープを配ってくれるんだって！」

「おいしいよ！」

感心な少年達である。ハイドランジアが近づくと、笑顔で手を振っていた。

「列の整備は、誰かに頼まれたのか？」

「ううん、自分達で考えたんだ」

「俺《おれ》達は、店番でこういうのに、慣れているからさ！」

末っ子は誇らしげに胸を張っている。ハイドランジアが頭を撫でていると、目を細めて嬉しそうにしていた。

ヴィオレットは笑顔で村人達にスープを配っていた。つられて、村人達もはにかむ。ヴィオレットに微笑みかけられた者は、おのずと笑顔になるのだ。ハイドランジアは妻を誇らしく思った。

竜の子もヴィオレットの傍にいて、手を振って応援しているように見える。その様子は、皆を和ませているようだ。バーベナや侍女達も、よく働いていた。問題があるようには見えない。

ここは、ヴィオレットに任せても大丈夫だろう。

ハイドランジアは踵《きびす》を返し、魔力についての調査を始めた。

まず、子ども達に囲まれていたポメラニアンを回収する。

「おい、ポメラニアン、ずいぶんと楽しそうだったではないか」

『楽しんではおらん。ただの奉仕ぞよ』

「ご苦労なことだ。それで、この村について、どう思う？」

『一言で表すならば、生きとし生けるものが暮らせるような土地ではない、だな』

ポメラニアンはハイドランジアと契約しているため、普通に活動できる。それ以外の精霊や妖精にとっては、空気がない中で生きるような環境なのだ。

『この土地は、世界樹との繋がりが切れている』

「なるほどな。竜脈は死んでいる、ということか」

『それに近い状態であるな』

竜脈というのは、魔力を供給する世界樹と繋がった木の根のようなものである。竜脈がないと、その土地に魔力は届かない。

ハイドランジアは地面に手を突き、竜脈を探った。案の定、反応はまったくなかった。

「ふむ、困ったな」

『竜脈と引き換えに、死者を蘇生させるなど、愚の骨頂ぞよ』

「エゼール家の魔法使いが唆したのだ」

『しようもないことを吹き込みよって』

竜脈は一度失ったら、再生など不可能だ。植物の一切は枯れ、太陽も照らすことなく、朽ち果てていくだけだろう。別の土地に移ったほうがマシだと思えるほどの、劣悪な環境になるのだ。

「さて、どうするか」

農業を営む者達にとって、開墾し毎日せっせと手入れを続けてきた畑は財産だ。土地を捨て、余《よ》所《そ》に移り住めと言っても聞かないだろう。

「おそらく、畑と共に死を選ぶような者達なのだろう」

『人間とは、難儀な生き物ぞよ』

「まったくだ」

ポメラニアンと共に丘のほうへと上った。風車は魔力を含んだ風を動力とし、回るように作られている。魔力がなくなった今は、ただのガラクタでしかない。

「高い技術をもって作られた、アンティーク風車だな」

『余所の土地に持ち込んだら、普通に使えるな』

「ああ」

ノースポール伯爵家は、そこそこ優秀な魔法使いを輩出していたらしい。風車を作ったのも、ノースポール伯爵家の者のようだ。

「アイン・フォン・ノースポールと、風の精霊の共作につき、と書いてあるな」

『よく、そのような汚い文字が読めたぞよ』

「組織の長を務めていると、汚い文字の解読ができるようになるのだ」

『意外な才能だな』

ノースポール伯爵領には、風の精霊がいた。ここでふと思い出す。ノースポール伯爵家の墓地は、植物が豊かに生えていた。魔力も多くはないが、巡っていたような気がする。

「なぜ、墓地だけ魔力があったのだ？」

『決まっておるだろう。その範囲だけ、守護する精霊か妖精がいるのだ』

ハイドランジアはすぐさま、墓地へ向かう。

緑溢《あふ》れる静寂の墓地に再び足を踏み入れる。地面に手を突くと、魔力が流れる竜脈の鼓動を感じた。

ノースポール伯爵領の中でここだけ、魔力が溢れている。

ただ、精霊の気配は感じない。

『おい、隠れていないで、姿を現さないか』

ポメラニアンが声をかけると、突風が吹き荒れる。目を閉じ、開いた瞬間には精霊が姿を現していた。

『久しいな、風よ』

『……』

ポメラニアンが『風』と呼ぶのは、極彩色の羽を持つ美しい鳥だった。これが、風の精霊らしい。

『土地が、酷い状態になっておる。なぜ、お前はここしか守らなかった？』

『愚か、人間、助けるわけ、ない』

『ふむ。そうか』

愚かな行為を働いたヴィオレットの叔父を、見放したのだという。

精霊の心を動かすのは、難しい。ハイドランジアやポメラニアンが説得しても、聞く耳を持たないだろう。

時間の無駄だと思い、ハイドランジアは墓地を去る。

続いて、畑を見回る。見事に、魔力が枯渇状態だった。

『これも、どうにもならぬな』

「いや、畑は案外どうにかなる。魔石肥料を使えばいいだけのこと」

魔石肥料――それは、魔力が少ない地域に住んでいた魔法使いが作り出した、特殊肥料である。

それを撒《ま》いたら、たちまち作物が大きく育つのだ。

「風も、風車を改造すれば、魔石を動力源として風を起こすことも可能であろう。しかし、だ」

『何か問題があるのか？』

「ある。魔石肥料も、風車で風を起こすことも、莫大な金がかかる」

世界樹が供給してくれる魔力の恵みは、ありがたいものなのだ。それを、ヴィオレットの叔父は欠片もわかっていなかった。

『本当に、愚かな男だ』

「世界の摂理を理解している者など、ひと握りだ」

『それを考えると、よく人は食物連鎖の頂点に立っているなと、感心してしまうぞよ』

「頂点を維持できているのは、数の暴力のおかげだな」

『間違いない』

ひとまず、ハイドランジアは応急処置として、魔石肥料の作り方を村人達に伝授した。

「畑の作物が育たないのは、魔力不足によるもの。この魔石を砕き、作物活性化の呪文をかけた魔石肥料を与え、魔力を含んだ水を与えたら、野菜は元気を取り戻すだろう」

ただ、このやり方は今回だけ。非常に高価な応急処置であることも、しっかり伝えておく。

動ける者達総出で魔石を粉末状にし、ポメラニアンが作物活性化の呪文をかける。

ハイドランジアは水を作りだし、配って回った。

魔石肥料を撒き、魔力を含んだ水を与える。するとたちまち、作物は元気を取り戻した。しおれていた葉はピンと張りが出て、艶も出てきている。

村人達は涙を流して、喜んでいた。


三日後——魔法師団やノースポール伯爵を乗せた馬車が領地に到着する。

迎えに行ったハイドランジアとヴィオレットは、思いがけない人物と出会うことになった。

「まあ、叔父様⁉　それに、叔母様も⁉」

行方《ゆくえ》をくらましていた叔父夫婦が、ノースポール伯爵家の馬車から降りてきたのだ。

服はボロボロで、髪の毛や髭《ひげ》は伸び放題。とても、貴族には見えない外見であった。

夫人のほうは夫よりきちんとした身なりをしているものの、疲れ切った表情を浮かべている。

「叔父上、そこにいるのが、妹のヴィオレット、です」

ノースポール伯爵は馬車から降りながら、ヴィオレットを紹介する。

「お兄様、どういうことですの？」

「執事のオーキットと叔父上が、密に連絡を取っていたことが分かり、居場所を突き止めました」

オーキットの弟が、叔父夫婦に仕えていたらしい。その繋がりで、逃亡の支援をしていたようだ。

ノースポール伯爵が領地の逼迫《ひっぱく》した状況をオーキットに伝えていたら、涙を流しながら報告してくれたのだという。

ヴィオレットの叔父は、居心地悪そうな表情で頭を下げた。

「本当に、迷惑をかけた。すまなかった……」

「謝罪はわたくし達ではなく、領民になさってくださいな」

「そう、だな」

まず、村長のもとへ行き、謝罪をしたようだ。その後、村人を集めて頭を下げていた。

石でも投げられるかと思い、雨霰《あめあられ》のように石が降ってきたら結界でも張ろうとハイドランジアは考えていた。しかし、村人達は罵声《ばせい》の一つも浴びせず、静かに謝罪を聞いていた。

「なんて、心優しい領民なのでしょうか……！」

ノースポール伯爵の言葉に、ハイドランジアは深く頷いた。

最後に向かったのは、ノースポール伯爵家の墓だ。シランの墓前で、泣き崩れている。

「兄上、本当に、すまなかった！　死んだ人を生き返らせるなど、馬鹿げたことだったのだ！」

これから命をかけてこの土地を守るために必死に働き、領民が幸せに暮らせるような努力もすると、決意を口にする。

『それは、本当？』

振り返った先にいたのは、風の精霊であった。光り輝く極彩色の鳥の出現に、ハイドランジアとポメラニアン以外の人々は驚いていた。

「あれは、かつてこの領土を守護していた精霊だ」

そう説明すると、ヴィオレットの叔父は平伏し、今回の事件について謝罪を繰り返す。

「この命は私のものではないと決め、今後、心を入れ替えて、領民のために働きます。だからどうか、お許しくださいい!!」

『その、言葉、真実?』

「もちろんです」

『分かった。ならば、もうしばし、この土地、守る』

「!!」

風の精霊はひときわ眩《まばゆ》い光を放った。すると、大地が震える。

領地に、緑が戻ってきた。魔力が満ち、他の精霊や妖精も、姿を現す。

あっという間に、領地は元の姿を取り戻したのだ。

「あ、ありがとうございます!!」

風の精霊は一度だけ頷き、姿を消した。

◇◇◇

翌日に、ハイドランジアは王都に戻った。面倒なので、馬車ごと魔法で転移させた。

「ハイドランジア様、ノースポール伯爵家の領地を救ってくださり、ありがとうございました」

「私は何もしていない」

もともと、領地は竜脈を失っていなかったのだ。蘇生魔法が発動される前に、風の精霊が竜脈をせき止めていただけだった。

それを説明すると、ヴィオレットは目を丸くする。

「そうだったのですね」

「ああ。竜脈が再び流れ出すまで、気づかなかったがな」

ちなみにポメラニアンは知っていたようだが、人の問題なので教えないほうがいいとしらばっくれていたらしい。

何はともあれ、問題は無事に解決した。

ヴィオレットと共に、深く安堵《あんど》するハイドランジアであった。

第七話　幸せエルフと、幸せ嫁

忙しい日々の合間を縫って、ヴィオレットと結婚式の準備を進めていた。

ヴィオレットは結婚式に憧《あこが》れていたようで、ハイドランジアが「式はいつ挙げる？」と聞いたところ、涙を流して喜んだ。

早速、準備に取りかかる。

結婚式においてもっとも重要なのは、婚礼衣装らしい。ハイドランジアは魔法師団の白い正装で問題ないが、ヴィオレットのドレスはイチから作らなければならないのだ。

意匠決めも難航していたが、ヴィオレットに魔法師団の正装を見せたあと、すぐに決まった。魔法師団の正装に似た意匠で、婚礼衣装を作るようだ。

「ハイドランジア様の正装姿、楽しみにしておりますわ」

「いや、そのように期待するような恰好《かっこう》でもないが」

「謙遜《けんそん》なさらないでくださいまし」

ヴィオレットの中で、ハイドランジアの正装姿への期待度がぐんぐん上がっていっているようだ。

結婚式の当日にガッカリさせないためにも、新しく仕立て直したほうがいいのではと考え直す。

「ヴィーの婚礼衣装も、楽しみだ」

「絶対素敵な一着を作っていただくので、ご期待くださいませ」

ヴィオレットの明るい笑顔に、ハイドランジアは心癒《い》やされる。

つい一年前まで、結婚なんて馬鹿《ばか》らしい！　と思っていた自分がいたとは信じられないくらいであった。

今、ハイドランジアはとてつもなく幸せである。家族になってくれるヴィオレットには、深く感謝しなければならない。

続いて、誰を招待するかを話し合う。

「ヴィーはどうしたい？」

「わたくしは……難しいですわね」

結婚式ですら、貴族にとっては社交場となる。親族だけでなく、大勢の人を招くのが慣習となっているのだ。

「結婚式は私達だけのものだ。なんなら、お前の兄一家を呼ぶだけでもよい」

「わたくしの理想の結婚式は、家族に祝福されながら行うものでした。けれどそれは、外の世界を知らなかった頃《ころ》の夢ですわ。今はもうちょっとだけ、お知り合いを招待できたら、と思っております」

「分かった。ヴィーの望む通りにしよう」

話し合った結果、二十名ほどの知り合いを招待する。その中に、国王とマグノリア王子も含めておいた。来るか来ないかは、各自で判断するだろう。

その後、ハイドランジアは可能な限り開いた時間を結婚式の準備に費やす。寝る間も惜しんでることもあった。しかしそれは、彼にとって苦ではなかったのである。

なぜかと言えば、いつだってヴィオレットが幸せそうに微笑《ほほえ》んでいるから。

そんなわけで、きっちり半年間かけて結婚式の準備を行った。その間、当然の如《ごと》くハイドランジアはヴィオレットと寝所を共にしていない。

それらは、結婚式のあとのお楽しみ……ではなく、大切な儀式であると考えていたのだ。

ついに、結婚式の当日を迎えた。ハイドランジアは初めて、魔法師団の正装に袖《そで》を通す。

師団長に就任したのは、父親が亡くなってすぐだった。喪に服していたため、正装ではなく通常の制服で任命式に出たのだ。

その後も、勲章の受勲式や国王陛下の即位十周年など、着るタイミングはいくつかあった。けれど、正装を着るほどの式典ではないと思い、着用することはなかった。

ついに、正装を纏《まと》って人前に姿を現す日がやってきたのである。

正装は全身白の装いである。肩章から銀色の飾緒が垂れている。袖や裾《すそ》には、銀糸で刺繍《ししゅう》がしてあった。着込むと、ずいぶんとずっしりしている。

長い髪は一本の三つ編みにして、胸の前から垂らしていく。髪を結ぶ白銀のリボンは、ヴィオレットからの贈り物であった。

耳には、動く度にシャラリと音が鳴る、美しい銀細工の飾りが揺れている。これは初代ローダンセ公爵家の当主シオンが、親しかった王子から贈られた家宝だ。結婚式のみ、着用が許されていた。

鏡を覗《のぞ》き込み、どこかおかしなところがないか入念に確認する。

『ふん。なかなか似合っておるではないか』

「ポメラニアン、お前!!」

いつの間にかハイドランジアの背後に立ち、ハイドランジアが鏡を覗き込んでいる様子をニヤニヤしながら眺めていたようだ。

「ヴィーに最初にお披露目しようと思っていたのに、なぜお前が先に見るんだ！」

『よいではないか、減るもんでもあるまいし』

「私の気力が、ぐっと減った！」

『繊細な男よ。もっと、ドンと構えておけばいいものを』

「うるさい！」

結婚式当日まで、ハイドランジアとポメラニアンの仲は相変わらずだった。

身支度が整ったハイドランジアは、珍しく緊張していた。

結婚式を迎えるにあたってソワソワしているのではなく、今からヴィオレットの婚礼衣装姿を見ることができるので落ち着かない様子を見せているのだ。

そんなハイドランジアに、ポメラニアンが突っ込みを入れる。

『鎮まれ、人の子よ』

「いきなり精霊らしい発言をするな」

『精霊だからな、これでも』

「お前は、中年男性の魂を持つ、毛むくじゃらだ」

『なんだと、この浮かれエルフめ！』

「誰《だれ》が浮かれエルフだ！」

五分後、バーベナよりヴィオレットの準備が整ったと声がかかる。ハイドランジアはドキドキと胸を高鳴らしつつ、ヴィオレットの私室へ向かった。

そして――魔法師団の正装とお揃《そろ》いで作った婚礼衣装のお披露目となる。

「ヴィー……」

ハイドランジアが名を口にすると、婚礼衣装を纏いヴェールを被《かぶ》ったヴィオレットが振り返る。

レースの詰め襟に、真珠の飾緒が垂らしてある美しい純白のドレスであった。スカートは体の線に沿って作られており、魚の尾のようなシルエットである。

「美しい。本当に目の前に実在しているのか、分からないくらい、とても、きれいだ」

ハイドランジアの言葉に、ヴィオレットは頬《ほお》を淡く染める。全身白の装いだからか、肌を紅潮させると余計に際立つように思えた。

「ハイドランジア様も、素敵ですわ」

「そうか」

竜の子とスノウワイトも、めかし込んでいる。ハイドランジアと同じ、白銀のリボンを首に巻いていた。

「ハイドランジア様、このリボンは、家族全員お揃いですのよ」

「素晴らしいな」

普段首輪をつけていないスノウワイトは、リボンが気になるのか何度も確認しているようだった。竜の子は、リボンの端を銜《くわ》えてちゅうちゅう吸っている。

ヴィオレットの髪にも白銀のリボンが結ばれているようだが、ヴェールを被っているのでよく見えない。

「ハイドランジア様、後ろですわ」

「ああ、ここか。確かに、皆、お揃いだな」

「ええ！」

じっくりヴィオレットを眺めたかったが、時間に余裕はないらしい。すぐに、馬車の用意ができたと声がかかる。

竜の子は喜んでよちよちとヴィオレットのあとに続いたが、スノウワイトは尻尾《しっぽ》を振って見送る。

「やはり、お前は行かないのか」

『みゃう！』

大きくなっても、鳴き声は愛らしい。最近、警戒されなくなったが、お触りは禁止だ。

年頃《としごろ》の娘を持つ親は、このような気持ちで過ごしているのか。

シランやノースポール伯爵の気持ちが分かってしまうハイドランジアであった。

ここで、この場にはいないポメラニアンの声が聞こえてきた。

(おい、ニヤニヤしているところ悪いが、もうすぐ、結婚式の時間だ。使用人どもが、ソワソワしているぞ。気づけ、浮かれエルフよ)

「ポメラニアン、お前、また、私の脳内に語りかけてからに！」

「ハイドランジア様？」

「いきなり叫んでしまいすまない。ポメラニアンが、ふざけて脳内に直接語りかけてくるのだ」

「まあ、そうでしたのね。何を語りかけてきましたの？」

「挙式の時間が迫っていると」

「本当ですわ。ハイドランジア様、急ぎましょう！」

ヴィオレットはハイドランジアの手を握って急《せ》かす。

別に、礼拝堂へは転移魔法を使えばいいだけの話。しかし、手を引くヴィオレットが愛らしかったので、指摘せずに一緒に走った。

馬車は結婚式のために作った純白仕様である。車体も、車輪も、内装もすべて白である。馬も、特別に白馬を借りてきた。

「まあ、なんて美しい馬車ですの!?」

「ヴィーが喜ぶと思って、用意した」

「ハイドランジア様、ありがとうございます。とても、嬉《うれ》しいです」

生涯に一度の晴れ舞台である。徹底的にこだわりたかった。

先にヴィオレットをエスコートして乗せ、自らも竜の子を抱いて馬車に乗り込む。最後に、ポメラニアンが飛び乗った。ヴィオレットの隣に座り、自慢げな表情でハイドランジアを見る。喧嘩《けんか》するともれなく怒られるので、唇を噛《か》みしめて我慢しておいた。

「よかった。結婚式の前に会えて」

ヴィオレットはそう言って、手首に巻いていた白銀のリボンをポメラニアンの首に結んであげていた。

『なんぞ、これは？』

「家族お揃いの、リボンですわ」

『家族、だと？』

「はい。皆、家族です」

『そうか』

ポメラニアンはどこか照れくさそうな、嬉しいような、そんな表情を浮かべているように見えた。

もちろん、初めて見るポメラニアンの一面であった。


結婚式を行うのは、王都でもっとも大きな大聖堂である。慶事で使うのは王族くらいだが、国王が特別に許可を出したらしい。

ハイドランジアは先に祭壇の前に立ち、ヴィオレットを待つ。

参列者は、多くない。当初の予定よりも増えていたが、それでも三十名もいないだろう。

亡きシランの代わりに、ヴィオレットの兄が父親役を務める。

赤い絨毯《じゅうたん》を、一緒に歩いてきていた。

参列席で、なぜか国王が号泣している。マグノリア王子は呆《あき》れた表情をしつつ、手巾《しゅきん》を差し出していた。

クインスも発見した。感極まった様子で、ハイドランジアを見つめている。気持ち悪いから凝視するなと言いたくなった。

ポメラニアンはちゃっかり、新郎の父親の席に座っていて、噴き出しそうになってしまった。

いつ、父親になったのかと、突っ込みたかったが我慢だ。

ちなみに、母親の席には竜の子が鎮座していて、そうじゃないと指摘したくなる。

と、参列席に心の中で突っ込みを入れている間に、ヴィオレットはハイドランジアのもとへ辿《たど》り着く。

手を差し出すと、ヴィオレットはそっと指先を添えてくれた。

二人は神の代理人の前に並び、永遠の愛を誓った。

最後に、口付けをして契約を封じる。

ハイドランジアはヴィオレットの肩に手を添え、唇にそっと口寄せた。

ワッと、喝采《かっさい》が起こる。

こうして、ハイドランジアとヴィオレットは真なる夫婦となった。

◇◇◇

結婚式で永遠の愛を誓い、披露宴ではヴィオレットが世界一きれいだと自慢することができた。

人前に出ることは億劫《おっくう》だったが、不思議な達成感がある。

幸せな気分で帰宅する。

使用人達がヴィオレットを「奥様」と言って出迎えたのも、すこぶる気分がいい。

留守番をしていたスノウワイトが、迎えに出てくる。

「スノウワイト、ただいま帰りました」

『みゃん』

ヴィオレットに大きな体をすり寄せ、甘い声で鳴いている。

ハイドランジアも手を伸ばしたが、ササッと後退されてしまった。ヴィオレットの胸に抱かれた竜の子が気の毒に思ったのか、撫《な》でてもいいよとお腹《なか》を見せる。

竜の子の優しさを無駄にしてはいけないので、鱗《うろこ》が生えるぽっこりお腹を撫でた。ひんやりとした触感で、鱗は柔らかく、意外と触り心地は悪くなかった。

「では、ハイドランジア様、またあとで」

「ああ」

ヴィオレットはやっとドレス姿から解放されるようだ。バーベナと共に去る。入れ替わるように、世話妖精《ようせい》がやってきて、ハイドランジアを風呂に誘った。

「……は？」

風呂に薔薇《ばら》の花が浮いていた。妖精曰《いわ》く、風の妖精からの結婚祝いらしい。浴室は、濃い薔薇の芳香に包まれていた。ノースポール伯爵領で新しく生産している、新種の薔薇らしい。風の精霊の祝福が、これでもかと込められているようだ。

まさか、風の妖精から祝福を受けるとは。なんとも不思議な気分になる。ノースポール伯爵領で会っただけだったが、なんとも義理堅い妖精だった。

ゆっくり薔薇風呂に浸かり、疲れを癒やす。

浴槽の外で待つ妖精の目つきが、いつもと違っていた。

「なんだ？」

疑問に思いながらも、風呂から出る。すると、いつもの倍の力で、ハイドランジアの体を磨き始めたのだ。

「痛っ、イタタタタタ！　お、おい、なんのつもりだ！」

妖精は答える。今夜は初夜だから、気合いを入れて洗っていると。

「し、初夜!!」

一日、幸せの中にいたので、夜の儀式があったことをすっかり失念していた。

先ほどヴィオレットが言っていた「またあとで」は、初夜を迎えるつもりで言ったのだ。

酒か茶でも飲むのかと、ハイドランジアは暢気《のんき》に考えていた。

そう。本当の夫婦になったので、一歩踏み込んだ関係となるのだ。

悶々《もんもん》と考え事をしていたら、のぼせてしまった。

『おい、起きろ、色ぼけエルフ』

ポメラニアンは容赦なく、肉球をハイドランジアの頬にぐいぐい押し当てながら話しかける。

「うう……」

『起きろ、全裸エルフ』

「はっ!」

ハイドランジアは目を覚まし、起き上がる。頭がクラクラしていた。

「私は、いったい……?」

『全裸だぞ』

「なぜ、裸なのだ!?」

『風呂で倒れたからだ。どうせ、しょうもないことでも考えていたのだろう』

「初夜について考えていたら、頭に血が上っただけだ」

『まったく、お前は』

全裸で嫁を迎える気かと突っ込まれ、絹の寝間着を羽織る。

どういうふうに待っていいのか分からず、布団の上で膝《ひざ》を抱えて座っていた。

『おい、その恰好はないだろう』

「どんな恰好がいいのだ？」

『そうだな』

ポメラニアンが指示する。まず、薔薇の花びらを寝台に散らすようにと。

「それで、次は？」

『寝転がれ。そして、片肘《かたひじ》をついて枕《まくら》にし、空いている手で嫁を誘え』

「なぜ、私がそのような恥ずかしい恰好をしなければならない！」

『膝を抱えて待つよりマシだろうが』

「無理だ。他《ほか》の案をひねり出せ」

『お前は、いつまで経《た》っても上から目線だな！』

「同じ言葉を返そう！」

険悪な雰囲気となり、両者は睨《にら》み合う。

ポメラニアンが『ううう〜〜！』と唸《うな》りだしたので、ハイドランジアも負けずに「ウウウ！」と唸り返す。いったい、自分達は何をしているのかと、内心突っ込みを入れていたが、始めたからにはやめられない。

「ハイドランジア様、お待たせしまし——何をなさっていますの？」

四つん這《ば》いになり、ポメラニアンと男の尊厳にかかわる争いをしていたが、ヴィオレットが来てしまった。胸に、竜の子を抱いている。

「もしかして、また、喧嘩を？」

「違う！」

すぐさまポメラニアンを抱き上げ、よーしよしよしと頭を撫でた。

「私と大精霊ポメラニアンは、いつでも仲良し！　そうだな？」

『……』

無視するので、寝室の外に持っていき、廊下に放っておいた。

ヴィオレットのもとへ戻ったハイドランジアは、ゴホンと咳払《せきばら》いする。

「とうとう、この子に名前を授ける日が来ましたわね」

「そうだな」

竜の命名は、結婚式の日にと考えていた。

というのも、理由がある。竜の名付けは契約でもあり、大量の魔力を消費する。その代わりに、竜は生涯名付け親を守ってくれるのだ。

ハイドランジアとヴィオレットが共に名付ければ、契約は二人のものとなる。魔力が満ちる満月の夜を結婚式の日に合わせ、命名しようと話し合っていたのだ。

すでに、名前は決まっている。ずっと何がいいかと相談を重ねていた。

ヴィオレットは竜の子を寝台の上に置く。

「では、ハイドランジア様」

「ああ」

二人は声を合わせ、竜の子に名を授けた。

――竜の子の名を、エルピスと定める！

エルピス、それは古代語で〝希望〟を意味する。

『キュン、キュン、キューン！』

竜の子改め、エルピスは名付けを受け入れたのか、高く鳴いた。そして、ハイドランジアとヴィオレットの手の甲に、魔法陣が刻まれる。

エルピスがハイドランジアとヴィオレットに向かって飛び上がったので、ぎゅっと抱きしめた。

名付けの儀式が終わると、スノウワイトが寝室にひょっこり顔を出す。エルピスは小さな翼をはためかせ、スノウワイトのほうへと飛んでいった。

あとは若い二人で、と言わんばかりに『キュン、キュン』と鳴き、去っていく。

「ヴィー、疲れていないか？」

「わたくしは、平気ですわ。ハイドランジア様は？」

「私も、問題ない」

湯あたりは回復魔法で治しておいた。名付けで魔力を消費したが、それ以外は万全の状態である。

ヴィオレットは視線を布団に落とし、淡く微笑んだ。

「薔薇の、よい香りがしますわ」

「ああ、これは、風の精霊からの、贈り物らしい」

「まあ、そうですのね」

ヴィオレットは寝台に座り、散らしてあった薔薇の花びらを拾うと、香りをかいでいた。その姿は、どこか艶《なま》めかしい。

「ふふ」

「どうした？」

「いえ、ハイドランジア様と、こうして初めての夜を過ごすことになるとは、思ってもいなかったので、不思議で」

「そうだな」

初めはお飾りの妻にするつもりで、イヤイヤ娶《めと》ったのだ。

ただの契約結婚だと思っていたが、共に暮らすうちに惹《ひ》かれ合い、こうして真なる夫婦となった。

「お兄様も、お義姉様も喜んでいて、嬉しく思います」

「私も、ヴィーを妻として迎えることができて、本当に嬉しい」

「ハイドランジア様」

ヴィオレットの手から薔薇の花びらを引き抜き、自らの指先を絡ませる。

愛の言葉を囁《ささや》き、その言葉が永遠になるよう、ヴィオレットの唇に封じた。

こうして、夫婦は初めての晩を明かす。

邪魔する者は誰もいなかった。

◇◇◇

二年後、夫婦に子どもが生まれる。

一人目はヴィオレット似の男児だった。しっかり者で、ポメラニアンとも良好な関係を築く。

二人目はハイドランジア似の女児。誰に似たのか「一生家にいたいので結婚したくない！」と主張し、結局婿を迎えた。

続いて生まれたのは男女の双子で、いたずら好きの困った子らであった。

どうしてこうなったのだと、ハイドランジアは頭を抱えていたものの、子ども達は全員目に入れても痛くないほど可愛《かわい》がっていた。

幸せな日々は続く。いつまでも、いつまでも。

番外編

番外編その一　エルフ公爵の噂と、副官クインスの幸せなお話

社交界で噂《うわさ》の結婚しない男、ハイドランジア・フォン・ローダンセはノースポール伯爵家の娘であるヴィオレットと結婚した。

ノースポール伯爵家のヴィオレットといえば、謎《なぞ》に包まれた女性であった。

ハイドランジアと結婚する以前から、病弱とか、人嫌いとか、家出をしているとか、さまざまな噂が立つ。あまりにも社交場に姿を現さないので、実在しない人物なのではと囁《ささや》かれたくらいだ。

ただ、王宮で文官をしている兄ノースポール伯爵も、夜会に参加することは滅多にない。

家族ぐるみで、社交が苦手なのだろうと結論づけていた。

そんなヴィオレットがハイドランジアと結婚したというので、社交界はざわつく。

難攻不落な要塞《ようさい》のような男、ハイドランジアをどうやって射止めたのか、誰《だれ》もが首を傾《かし》げていた。

ヴィオレットについては、社交界の七不思議となるだろう。誰もが確信していたが、ある日、ハイドランジアはヴィオレットを伴って夜会に参加した。

皆の予想に反し、ヴィオレットは金色の巻き髪にぱっちりとした青い瞳《め》を持つ、豪奢《ごうしゃ》な美女だった。

若干、威圧感のあるキツイ雰囲気があったものの、話してみれば物腰は柔らかく、品のある女性だった。

なぜ、これまで社交場に現れなかったのか。そんな疑問が浮かんだ。

だが、ハイドランジアとヴィオレットという美しい夫婦を前にすると誰もがうっとり見とれてしま

い、質問できる者はいなかった。

ハイドランジアは社交界でもっとも、感情を外に出さない男とも呼ばれていたが、ヴィオレットの傍《そば》にいる様子は穏やかだ。

幸せな結婚をしたのだと、ひと目で分かる。

皆が、ハイドランジアとヴィオレットの結婚を祝福している最中、ズンズンと大股《おおまた》で会場を歩く令嬢がいた。

年頃《としごろ》は十七、十八歳くらいか。ブルネットの髪を品よくまとめ、華美なスカーレットのドレスを着こなした美しい娘である。

その令嬢は、ハイドランジアと近しい場所で働く男を発見し、首根っこを掴《つか》んだ。

「クインス!!」

「ん？」

暢気《のんき》に振り返った男は魔法師団に勤め、ハイドランジアの副官として働くクインス。

先日、男爵の爵位を賜り、一代限りであるものの、貴族の仲間入りをしたわけである。

彼は元々孤児なので、大出世だろう。

クインスはポカンとしながら、質問をする。

「マリエラ様、どうかしたのですか？」

「どうもこうもないわよ！　見なさい、あなたの上司が、幻と言われた奥方を連れてこの場に来ているのよ！」

「ローダンセ閣下が参加!?　うわ、本当だ。挨拶《あいさつ》に行かないと！」

慌てて走っていこうとするクインスの首根っこを、再び掴む。

「お待ちなさい！」

「ぐえっ！」

勢いよく走り出そうとしたので、首が詰まったようだ。マリエラと呼ばれた令嬢は、すぐに手を離してやる。

「な、なんですか？」

「聞きたいことがあるの」

「でも、まずは、閣下にご挨拶に行かないと」

「あの状況で、近づけると思って？」

「あ……」

ハイドランジアとヴィオレットの周囲には、大勢の人がいた。一時間待っても、挨拶できるか分からない。

「あなた、私と上司と、どちらが大事だと思っているのよ」

「閣下――」

「なんですって⁉」

「いいえ、マリエラ様です」

マリエラは「結構」と言って頷《うなず》く。

彼女の父親は魔法師団に勤めていて、一時期ハイドランジアに命じられてクインスの面倒を見ていたのだ。

クインスをいたく気に入っており、家に何度も招いていた。

父親がどうしてもというので、マリエラは仕方なく、クインスの話し相手をしてあげる時もあったのだ。

「それで、マリエラ様、聞きたいことはなんでしょう？」

「もちろん、ローダンセ公爵と夫人についてよ。あの二人、どこで出会ったの？」

片方は、社交場嫌いの公爵。もう片方は、幻とも言われた伯爵令嬢。

どこで互いを知り、結婚に至ったのか気になっていたのだ。

「あなた、ご存じでしょう？」

「いえ、詳しくは、知りません」

「なんですって⁉」

ハイドランジアにもっとも近しい男であるクインスであるが、私生活についてはほとんど話さないという。

がっくりとうな垂れるマリエラにクインスは接近し、小さな声で囁いた。

「しかし、ここだけのお話なのですが、夫人のお父君と、閣下はお知り合いだったのです。そのご縁だったのかもしれません」

「……」

「マリエラ様？」

耳元で名前を囁かれ、マリエラはハッと我に返る。いきなり接近するので、頭がぼーっとなってしまったのだ。

「今、何を言ったの？」

「結婚は、閣下とお父君が知り合いだったので、そこからご縁があったのだろうと」

「ああ、そういうわけだったのね」

二人の結婚の謎が、一気に解決した。

「マリエラ様も、閣下とご結婚されたかったのですか？」

「なんで、そうなるのよ！」

ハイドランジア・フォン・ローダンセ——信じられないほどの美貌《びぼう》の持ち主で、結婚したいと思う女性は山のようにいた。けれど、マリエラは彼との結婚願望は皆無であった。

「べ、別に、気になったのは単なる好奇心で、私の好みは、あんな派手な男性ではないわ！　ローダンセ公爵の夫婦について気になったのは、単なる好奇心よ」

「そうなんですねえ。だったら、どんな男性がいいのですか？」

クインスの問いかけに、マリエラは言葉を失う。

「マリエラ様？」

心配そうに覗《のぞ》き込むクインスの肩を押し、ぷいっと顔を背けた。

何を隠そう、マリエラが好ましく思っているのは、このクインスである。

おっとりしていて、いつでも優しく、マリエラが我が儘《まま》を言っても怒らない彼を、いつしか好きになっていたのだ。

二人の中には結婚話があり、そのうちクインスに打診をすると父親が話していた。

この様子だと、まだ話をしていないのだろう。今か、今かと待ち望んでいるのである。

「逆に、あなたは、どんなお方と結婚したいの？」

「俺《おれ》ですか？　そうですねえ――」

このタイミングで、マリエラの父親がやってきた。邪魔が入ったと、父を睨《にら》んでしまう。

「やあやあ、二人共、こんなところにいたのか」

「偶然会いまして」

「そうだったか」

早く、どこかへ行ってくれないか。マリエラは父を恨みがましく見つめ、圧力をかける。

「それはそうと、クインス君。マリエラとの結婚について、考えてくれたかな？」

「え!?」

父親の発言に、マリエラは目を見開いて驚く。まさか、すでに打診していたとは。

クインスのほうを見たら眉尻《まゆじり》を下げ、困った表情でいた。

「あ、いや～。どうしましょうか」

結婚するという話は、迷惑だったのか。雷に打たれたような、大きな衝撃を受ける。

クインスはきっと、これまでマリエラの我が儘を笑って許していたのではないのだろう。世話になった恩から、我慢をしていたのだ。

これ以上、ここにいたら泣いてしまう。マリエラは踵《きびす》を返し、この場から去った。

「おい、マリエラ！」

「マリエラ様!?」

ドレスの裾《すそ》を摘まみ、混雑する会場を駆けていく。

今は、一人になりたかった。

泣かないようにパチパチと瞬《まばた》きを繰り返していたのに、ポロポロ涙が零《こぼ》れる。

庭へと飛び出し、誰もいない木々の陰に隠れた。

一人でいると、余計に惨めになってくる。

なんとなく、クインスからも好意のようなものを感じていたが、マリエラの勘違いだったようだ。

手に嵌《は》めた、銀の指輪に触れる。

これは、クインスが初めて貰《もら》った給料で、買ってくれた品なのだ。もう、ずいぶんと前の話であるが、マリエラにとってはかけがえのない宝物だった。

すぐに外そうと思ったが、手が動かない。体が、指輪を外すことを拒絶していた。

結婚を迫って困惑されても尚、マリエラはクインスのことが大好きだったのだ。

会うたびに贈ってくれた花束も、王都で人気の菓子も、誕生日にくれたネックレスやイヤリングだって、マリエラのために用意していたのではないだろう。

クインスは父親に対する恩から、娘であるマリエラにも親切にしていただけだった。

悪い男だと思う。純粋無垢《むく》な顔をしながら、何も知らないマリエラをその気にさせるなんて。

しかしながら、どうしても嫌いにはなれなかった。

今はただ、切ない胸を押さえ、涙を流すばかりである。

そんな状況の中、マリエラの名を叫ぶ者が現れた。

「マリエラ様、いた!!」

クインスであった。息を切らし、マリエラの前にしゃがみ込む。

「よかった。どこに行かれたのかと、思っておりました」

マリエラが泣いているのに気づくと、すぐに手巾《しゅきん》を用意した。それだけではなく、マリエラが好きなチョコレートや飴《あめ》を差し出してきたのだ。

菓子で機嫌を直していたのは、幼い頃《ころ》の話である。クインスにとってマリエラは、いつまで経《た》っても世話になった家の子どもなのだろう。

マリエラはクインスが差し出したものを受け取らず、拒絶した。

「マリエラ様？」

「もう、私に優しくしないで」

「ど、どうしてですか？」

「好きでもない相手に、そういうことをするのは、残酷なのよ!!」

マリエラが叫んだ瞬間、クインスは手にしていた手巾や菓子を落とす。そしてすぐさま、マリエラの手を握ってまっすぐ見つめた。

「好きだから、いろいろしたくなるんですよ」

「え!?」

瞳が零れ落ちるのではないかと思うほど、マリエラは目を見開いた。

クインスは、マリエラが好きだと言った。聞き違いではないのか。

信じられず、問いかける。

「あなた、私が、好きなの？」

「僭越《せんえつ》ながら……」

「な、何よ、その言い方。もっと、詳しく、分かりやすく言いなさい」

クインスは今まで見たこともないくらい顔を赤面させる。

マリエラをまっすぐ見つめながら、本当の気持ちを伝えてくれた。

「マリエラ様のことを、好きだと、心に秘めておりました」

「だったら、はっきりそう言いなさいよ！」

クインスの肩を思いっきり叩《たた》くつもりだったのに、気がついたら抱きついていた。

マリエラの体を、クインスは抱き返してくれる。

「どうして、結婚の話を聞いて、迷惑そうにしていたの？」

「それは……逆にマリエラ様が、俺なんかと結婚するなんて、迷惑だと思っていたので」

クインスがそう思ってしまうのも、無理はないのかもしれない。これまで、マリエラはクインスに好意を示していなかったのだ。

心の中で反省し、素直な気持ちを伝える。

「私も、あなたのことが、好き」

「そ、そうだったのですね。いや、びっくりしました」

「私と、結婚してくれる？」

「マリエラ様がいいのならば、喜んで」

ぎゅっと抱きしめ合うひとときを、マリエラは心から幸せだと思った。

そんなわけで、マリエラとクインスの結婚は無事決まった。

ハイドランジアとヴィオレットの社交界進出がきっかけになったとは、マリエラやクインスは夢にも思っていないだろう。

幸せは、幸せを運んでいる。

いつだって、そうなのだ。

番外編その二　エルフ公爵は、愛する家族と楽しく過ごす

ヴィオレットとハイドランジアは、四人の子どもに恵まれた。

長男のレオンはヴィオレットに似た容貌《ようぼう》を持ち、美しいともてはやされていた。

だが、神は二物を与えなかった。レオンは魔力量が多く、制御に苦労する。

歩くこともままならず、涙する日々を過ごしていた。

ハイドランジアとヴィオレットの共同開発で魔力を制御する眼鏡《めがね》を開発してからは、人並みの暮らしができるようになる。

幼少時は寝込むことが多かったので、心配したポメラニアンはレオンにつきっきりだった。

そのため、兄妹《きょうだい》の中ではもっともポメラニアンと仲がいい。

現在は十八歳となり、しっかり者に育った。今では魔法師団に所属し、魔道具を開発する部署で魔力に困っている人達が便利に暮らせる道具作りを行っている。

長女のアイリは十四歳。銀髪碧眼《へきがん》のハイドランジア似の美少女だ。一見して冷え冷えとした美貌《びぼう》を持っていたが、本人はいたって陽気で、友好的な性格である。

両親が大好きで、べったりだった。あとから生まれてきた弟と妹に対して嫉妬《しっと》するほどである。

持ち前の愛される力を発揮し、彼女の周囲には人が溢《あふ》れていた。

ちなみに、スノウワイトはアイリに懐き、いつでも一緒である。姉妹のように仲良しなのだ。

次男キール、次女マリンは二卵性の双子だった。ハイドランジアとヴィオレットを、足して二で

割ったような容貌である。二卵性の双子であるものの、そっくりだった。

揃《そろ》って『悪童』と呼ばれ、いたずらの限りを尽くす。ハイドランジアとヴィオレットは手を焼いていたが、その分愛らしいと思っていた。

竜の子エルピスは必要な時だけ成獣の姿となり、普段はポメラニアンよりも小さな姿でいる。双子と共に行動することが多い。一緒にはしゃいでいるので、ハイドランジアやヴィオレットは三つ子だったかと思うくらいだった。


今日も、ローダンセ一家は騒々しい一日を迎える。

五歳となった双子の兄妹、キールとマリン、おまけにエルピスは、眠る父ハイドランジアの寝室に忍び込み、寝台の上に上がる。

そして、にんまり笑い合ったあと、同時にハイドランジアの体目がけて飛び込んだ。

「お父様ー！」

「お父様ー！」

『キュンー！』

「ぐわ――!!」

特大の衝撃で、ハイドランジアは目を覚ます。体が、悲鳴を上げていた。

敵の襲撃を受けたと思っていたが、違った。

「お父様、おはよう」

「お父様、おはよう」

『キュン』

「……おはよう」

ハイドランジアは天使達の襲撃を受ける。あまりにも愛らしいが、やっていることは悪魔の所業であった。

しかし、満面の笑顔を見たら、どうでもよくなってしまうのだ。甘やかすのはよくないと思いつつも、可愛《かわい》いのだから仕方がない。

デレデレしているところに、レオンがやってきて叫んだ。

「キール!!　マリン!!　エルピス!!　あなた方は、何をしているのですか!!」

「お兄様だ、逃げろ！」

「お兄様だ、逃げろ！」

『キュキュキュンー！』

声を揃え、キールとマリン、エルピスは布団から飛び降りる。そして、捕まえようとするレオンをかいくぐり、逃げてしまった。

レオンはため息をつき、今度はハイドランジアへ詰め寄る。

「父上、いい加減、キールとマリン、エルピスを、怒ってください！　そのうち、肋骨《ろっこつ》を折りますよ」

「いや、そのときは、回復魔法で治せば、よい」

「そういう問題ではありません！　父上以外の人に同じことをやって、怪我《けが》をさせたら困るでしょう!?」

「ああ、言われてみれば、そうだな」

それが教育、子育てなのだなと、ハイドランジアは思う。長男の教えから、学んだ。

「父上、頼みますよ」

「ああ。次は、猛烈に、怒る」

「よし！」

魔法師団ではハイドランジアが上司なのに、家ではレオンが上司のようだ。

どうしてこうなったかは、いまだ分からない。

レオンが去ったあと、背後にいたポメラニアンがハイドランジアを見てふっと鼻先で笑っていた。

腹が立ったが、今回ばかりは悪いのは自分である。何も言わずに、シッシと追いやった。


朝食の席につき、新聞を読んでいたら長女のアイリがやってくる。

アイリは来月十五の誕生日で、そろそろ結婚も考えなければならない。そんなことを考えていたら、自然と眦《まなじり》に涙が浮かんできた。

「お父様、お母様、おはようございます」

「おはよう」

アイリはスノウワイトと共にハイドランジアのもとにやってきて、頬《ほお》にキスをしてくれた。デレデレしてしまいそうになるが、奥歯を噛《か》みしめてなんとか耐える。

子ども達の前では、威厳ある父親でありたいのだ。

ちなみにスノウワイトはいまだにハイドランジアに懐かず、そっぽを向かれている。どうしてこうなったのかと、自問するが答えはいつまで経《た》っても浮かんでこない。

そんなことはさておいて。愛らしい娘アイリが、可愛い提案をしてくる。

「お父様、今度、お母様と三人で、アイリとデートに行きましょう」

「ふむ、そうだな。しかし、そろそろ社交界デビューの準備をしなければならないが」

「やだ！　アイリ、ずっとお父様とお母様と一緒にいる！　社交界デビューなんて、したくない！」

その気持ちは、大いに理解できる。叶《かな》うのであれば、アイリを嫁に出したくない。

「そう、だな」

「ダメですわ！」

同意しかけた瞬間、ヴィオレットに注意される。ハイドランジアとアイリは涙目になったが、ヴィオレットは容赦しない。

「結婚は、貴族女性の務めですわ。アイリ、あなたも、果たさないといけないでしょう」

「そ、そんな……！」

なんて残酷なことを言うのか。ハイドランジアは抗議の視線を送る。しかし、ヴィオレットに睨《にら》み返され、しゅんと肩を落とす。

アイリはポロポロと、涙を零《こぼ》し始めた。

「アイリ……」

「泣いて許してもらえる世界では、ありませんからね」

「お、おい、ヴィオレット、そのように、キツイ言い方をしなくても」

「ハイドランジア様は、黙っていてくださいまし！」

一喝され、ハイドランジアは口を閉ざす。夫婦の力関係がありありと分かる瞬間であった。

「ううっ……。結婚したくないわけではなくて、アイリは、お父様とお母様が、大好きなだけなのに！」

そんな主張を聞いたヴィオレットの表情が、和らぐ。

「ならば、我が家に婿を迎えるしかないですわね」

それを聞いたアイリの表情は、パッと明るくなった。「ヤッター！」と叫び、跳び上がって喜んでいる。

ここで、レオンがキールとマリンを両脇《りょうわき》に抱えて戻ってきた。頭には、エルピスを乗せている。

頼もしい長男である。

「よし、全員揃ったから、食事にしよう」

家族が揃うと、食事の時間となる。

ハイドランジアは家族に囲まれ、賑《にぎ》やかな朝を過ごしている。毎日、一人食堂で食事を済ませていた時代とは、大違いであった。

いつもいつでも、家族が集まると笑顔が絶えない。

何ものにも代えがたい、至福のひとときであった。

あとがき

こんにちは、江本マシメサです。『エルフ公爵は呪われ令嬢をイヤイヤ娶る2』をお手に取っていただき、ありがとうございました。なんとか、完結までお届けすることができました。

ハイドランジアとヴィオレットの恋と愛を最後まで見守っていただき、感謝の気持ちでいっぱいです。

女性向けではわりと珍しいエルフヒーローでしたが、大変楽しく書かせていただきました。

私事ではあるのですが、令和二年八月をもちまして、デビュー五周年となりました。五年前の八月に、『北欧貴族と猛禽妻の雪国狩り暮らし』という作品で作家となったのですが、あっという間の五年間だったように思います。

一迅社様からは、アイリス恋愛ファンタジー大賞にて『伯爵家の悪妻』が金賞をいただいたのをきっかけに、『炎の神子様は大精霊ではございません』、『エルフ公爵は

『呪われ令嬢をイヤイヤ娶る』を刊行していただきました。

明るく楽しい恋愛ファンタジーをお届けできたかなと。

少女小説には、夢が詰まっています。

そんな業界に、身を置いている現状を、私は心から幸せに思っております。

この先十年、二十年と、細く長く作家を続けていけたらいいなと、考える夜でした。


話は変わりまして。

エルフ公爵～の二巻では、書き下ろしエピソードを多数収録させていただきました。

というのも、ウェブで連載していた『カナリア姫編』なるエピソードが不評で、書籍に収録するわけにはいかないと思い、新しく物語を追加で書いたというわけです。

カナリア姫編は小説家になろうにある、ウェブ版にございますので、興味がある方は覗いてやってください。(https://ncode.syosetu.com/n0730ex/)

個人的には、ハイドランジアが全裸で戦うシーンがお気に入りです。


二巻も、くまの柚子先生にすばらしいイラストを描いていただきました。

表紙の夫婦が大変麗しく、モフモフズも愛らしく描いていただいております。

ピンナップも幸せそうで、見ていてにこにこしてしまいました。

くまの先生、ありがとうございました！

そろそろあとがきを締めるタイミングかと思いきや、今回、あとがきに4ページもいただきました。

そんなわけで、近況を語ります。

ここ最近はゲームにはまっておりました。流行の、たくさんの動物が登場するアレです。やりこみすぎて利き手を痛めてしまいました……。（※現在は完治しております）

こんなにゲームにはまったのは久しぶりで、大変有意義な時間を過ごしました。

それ以外では、原稿、原稿、そして原稿という感じです。

息抜きに、小説家になろうにて、趣味を詰め込んだ小説の執筆などもしております。

スロベニアを舞台にした、養蜂家の青年と、蜜薬師という蜂蜜で治療を行うヒロインが登場する物語です。

今は、このお話を書くのを楽しみに、生きております。

あとは資料を読んだり、お取り寄せグルメのサイトをぼんやり眺めたり、十年間探していた小説を発見して読み込んだりと、いろいろしておりました。

運動もしたいのですが、この暑さだとなかなか難しくて……。

夕方を狙ってお散歩に行きたいです。

最後になりましたが、刊行までに関わったすべての方に、感謝申し上げます。ありがとうございました。

読者様におきましても、物語にお付き合いいただきまして嬉しく思います。

まだ、どこかでお会いできることを、心から願っております。

本当に、ありがとうございました。

江本マシメサ

『虫かぶり姫』

著：由唯　イラスト：椎名咲月

クリストファー王子の名ばかりの婚約者として過ごしてきた本好きの侯爵令嬢エリアーナ。彼女はある日、最近王子との仲が噂されている令嬢と王子が楽しげにしているところを目撃してしまった！　ついに王子に愛する女性が現れたのだと知ったエリアーナは、王子との婚約が解消されると思っていたけれど……。事態は思わぬ方向へと突き進み!?　本好き令嬢の勘違いラブファンタジーが、WEB掲載作品を大幅加筆修正＆書き下ろし中編を収録して書籍化!!